龍女の嫁入り

【ちょうかろうかいいたん】

張家楼怪異譚

白川紺子

【集英社】

もくじ

装画◎香魚子
装丁◎成見紀子

第一章

龍女の嫁入り

張家楼《ちょうかろう》は、成都随一《せいとずいいち》の高級旅館である。

西市《せいし》の北側に堂々たる楼閣《ろうかく》を構え、中庭には四季折々の花が咲き、奥には風情《ふぜい》ある蓮池と離れがある。宿泊するのは、客商と呼ばれる旅商人たちが中心である。

張家楼を建てたのは、絹問屋や質屋をいくつも営む成都屈指の豪商である張《ちょう》家で、主人は張家の末息子、琬圭《えんけい》であった。

この琬圭、すこぶる病弱な青年で、二十三歳になる今まで幾度となく生死の境をさまよった。風が吹いては寝込み、雨が降っては寝込む。体のどこが痛むというのでもなく、にわかに力が抜け、顔は青ざめ、息は浅くなり、起きていられぬようになる。医者に見せても原因はわからない。とにかく体が弱いのである。滋養《じよう》のあるものを食べ、あたたかい格好をして、臥《ふ》せっているしかない。

こうした末っ子であったので、琬圭の父はことのほか彼を憐《あわ》れみ、世話を焼き、甘やかした。兄や姉も同様である。といって当人はわがまま放題に育つこともなく、何事にも鷹《おう》揚《よう》な、怒るということを知らぬ、裕福な若様らしい青年になった。

容姿は恰幅《かっぷく》のいい父にも、きりりと引き締まった顔立ちの母にも似ず、白皙《はくせき》にやさしげな目もと、高い鼻梁《びりょう》と薄い唇の、涼やかな風貌《ふうぼう》である。梅の枝など持てばよく似合う。病がちゆえに長身に見合った肉がついておらず、体が薄いのも、儚《はかな》げで優美な佇《たたず》まいに一役買っていた。

その日、琬圭はひさかたぶりに体の調子がよく、初夏の日差しと風にあたりたくなって、張家楼を出た。下男を伴い、西市のなかを目的もなくそぞろ歩く。時は唐《とう》代、元和《げんわ》二年、憲宗《けんそう》の御世であり、益《えき》州成都府は「一に揚《よう》州、二に益州」と讃《たた》えられた繁栄《はんえい》ぶりである。市は種別に日々開かれ、肆《みせ》はぎっしりと建ち並び、筵《むしろ》や台に品を並べた街肆《がいし》（露店）は路地を埋めんばかりで、そのあいだを買い物客が押し合うようにして行き交う。金銀の細工物、絹織物、馬といった値の張るものから、肉、穀物、野菜などの食材、古着に古道具、はては蛇や亀まで、市にはあらゆるものが売られている。今日開かれているのは絹市であった。世に名高い蜀《しょく》の錦《にしき》や呉越《ごえつ》の紋綾《もんあや》などがずらり並んでいる。爽《さわ》やかな青空の下、色とりどりの反物《たんもの》が美しい。

市をひやかしていた琬圭は、混雑ぶりと初夏の日差しに早々に疲れてしまった。今日は調子がいいと思ったのに、歩いているうちに首のあたりがずっしりと重くなってきて、息が切れてきた。うっかりすると倒れてしまいそうだ。

「病み上がりに、この陽光はこたえるね。すこし休もう」

琬圭は下男に告げて、日陰《ひかげ》になった小路に入る。奥に馴染《なじ》みの売漿肆《ばいしょうし》があった。甘蔗《さとうきび》を搾《しぼ》った甘い飲み物を出す肆である。日陰はひんやりとして心地よく、琬圭はふうと息をついた。表通りと違って人気《ひとけ》もない。うっすらと饐《す》えた泥水のにおいがした。日のあたらない路地はどこもこんなにおいがする。

「もし……そこの若旦那《わかだんな》」

ふいにそばから声をかけられて、琬圭はぎょっとした。近くには誰もいないと思っていたからだ。思わず足をとめると、路傍に四十がらみの男がいた。質素な袍《ほう》に身を包んでいるが、つやのある長い顎鬚《あごひげ》をたくわえた顔にはどこか威厳があり、人品卑《じんぴんいや》しからぬ者に見える。

「はい、なんでしょう」

商売人の愛想のよさで、琬圭は柔和に応じた。男は猛禽《もうきん》のような目でじっと琬圭の顔を見たかと思うと、

「死相が出ておりますぞ。このままでは今日明日にも命を取られまする」

重々しく告げた。

――ははあ。売卜者《うらないし》か。

と、琬圭は思い、

「さようでございますか。して、どのようにすれば禍《わざわい》を避けられましょう」

調子を合わせた。適当に霊符だの厭勝《まじない》だのに対価を払い、早く腰をおろして休みたかったのだ。

男は嘆息した。

「避けることはできませぬな。厲鬼《れいき》に取り憑《つ》かれておりますれば」

「厲鬼？」

「たちの悪い幽鬼《ゆうき》です。生者に祟《たた》る。市を歩くうちに、拾ってしまいましたな。どうも、あなたはそういうお人のようだ」

「そういう――」

「幽鬼、妖魅《ようみ》のたぐいを引き寄せなさる」

琬圭は目をしばたたいた。面倒な売卜者に捕まってしまった。と思うと同時に、興味も覚えた。寝床で過ごすことの多い琬圭は、巷間《こうかん》でこうした相手に出くわすこと自体めずらしい。面白そうだ、としばしつきあう気になった。

「ほほう。さようですか。引き寄せると、どうなるんです？」

「病がちになります。あなた、幼少のみぎりから体が弱いようですな。鍼《はり》も薬も効かぬと見える」

とたんに鼻白《はなじろ》んだ。そんなことは、琬圭の上背ばかりある痩《や》せた体軀《たいく》や顔色を見れば言い当てられることである。

「ふむ。信じておられませぬな。よろしい。あちらをごらんなさい」

男は琬圭の背後、細い路地の壁のほうを指さした。日陰のなかでもそこはひときわ濃い影が落ち、じめじめとして陰鬱《いんうつ》な暗さがあった。

「そこにあなたに憑いた厲鬼がいる。まあ、じっと目を凝《こ》らしていなさい。見えるようになるから」

言われるがまま、琬圭は暗がりを見つめた。饐えた泥水のようなにおいが漂う。ふと、そのにおいが強くなったように感じた。

影が濃くなる。じわりと、ひときわ黒い暗闇《くらやみ》が、影のなかにしみ出すように浮かびあがってきた。うずくまる何者かの影。幼児のように小柄で、しかし手足は妙に細長い。膝《ひざ》を折り曲げ、枯れ枝のような腕で足を抱えている。その姿は青黒い影に沈んでいるが、ぼろきれのような衣をまとい、しみだらけの、老いた肌をしているのがわかる。人の肌だ。うつむいた頭には獣毛のような短い毛がびっしりと生え、額《ひたい》からはいびつな角が伸びていた。

顔かたちは影に隠れ、よくわからない。だが、その視線は琬圭に向けられていると、なぜか感じられた。

琬圭は背筋に悪寒《おかん》が走り、冷たい汗がにじんだ。

「『知る』ことはすなわち『見る』こと。あなたはもともと見える者であるのに、見えぬと思い込んでいたのですな。私は今、ほんのすこしばかり導いただけだ。これでも信じないのであれば、どうしようもない。命が惜しいと思うなら、またここに来ればよろしい。そのとき、私はここにいるでしょう」

はっとふり向いたときには、男の姿は影も形もなかった。

琬圭は、その場に昏倒《こんとう》した。

それから琬圭は三日三晩、寝付いた。

床から起きあがることもできない琬圭に、父や兄たちが代わるがわる見舞いに来ては、青い顔で帰ってゆく。自分はこれで死ぬのだろうか、と琬圭は思った。足もとに黒い影がわだかまっている。例の厲鬼が、うずくまっているのである。枯れ枝のような腕で膝を抱え、じっとこちらをうかがっている。表情はやはり見えない。だが、琬圭が死ぬのを今か今かと待ち構えているように思えた。

下男から先日の小路での話を聞いた父が、

「その御仁は、道士だろう」

と言った。

「どうしてそれをもっと早く言わない。今すぐそこへつれていってやるから、道士に助けてくれるよう頼みなさい」

琬圭には意外だった。常日頃、父は幽鬼だの神だのを信じるたちではないからだ。先祖の祀《まつ》りはさすがにかかさないが、財神のたぐいを拝みはしないし、道士も仏僧もちまたの売卜者くらいにしか思っていない様子だった。それがなぜ、こうもあっさり受け入れ、あまつさえ頼ろうとするのか。疑問に思うも、琬圭は熱で頭がぼうっとしており、逆に手足は冷たく凍《こご》え、熱いのか寒いのかもよくわからず、ただ父の行動するに任せた。

琬圭は轎《かご》に乗せられて、先日の小路まで運ばれた。父と下男がついてきている。ぐったりとして足に力の入らない琬圭を、父と下男が両方から支えてなんとか路地に入った。琬圭は目を開けることさえままならない。あたりはひんやりとして、やはり水の腐ったようなにおいがしていた。

「むむ、こりゃいかん。はや棺《ひつぎ》に片足が入っておりますな」

聞き覚えのある声がして、琬圭はなんとか重い瞼《まぶた》を持ちあげた。先日の男が目の前にいた。

「あなたにも困ったものですな。こうも進退窮《きわ》まってからやってくるのでは。どうしてもっと早くに来なかったのです？」

立派な顎鬚をしごきながら男はぶつくさ言う。琬圭は口のなかが干からびていて、声も出ない。父が男に礼をとり、「道士様、どうぞお助けを」と必死の形相で訴えた。男は軽く手をあげ、「無論」と短く応じると、腰に提《さ》げた嚢《ふくろ》から墨壺《すみつぼ》と筆をとりだした。筆で琬圭の額になにやら文字を書きつける。するとどうだろう、琬圭の背中がふと軽くなった。それまで岩を背負わされたかのように重かったのに。

「これは気付け薬のようなものです。さあ、あなたがたの家に戻りましょう。厲鬼を追い払うのはそれから。用意してもらわねばならぬものもありますのでな」

てきぱきと言って、男はさっさと歩きだす。

道すがら、男は李《り》という道士であると素性を明かした。隴西《ろうせい》の李氏の出だと言うが、ほんとうかどうかは疑わしい。琬圭は張家楼の離れにふたたび担ぎ込まれ、寝かされた。そのかたわらで、李が小卓に蠟燭《ろうそく》やら器《うつわ》やらを並べはじめる。器には豚肉が山のように盛られて、酒を入れた盃も置かれる。お供えだ。琬圭はそうしたものを逐一眺める余裕もなく、意識は朦朧《もうろう》としはじめる。また体が重くなっている。胸が痛い。胸の上にあの厲鬼が乗っている。黒い影に覆《おお》われた顔で、琬圭を覗《のぞ》き込んでいる。間近に顔が迫っても、その表情はわからない。ないからだ、とようやくわかった。目も鼻も口もない。顔の前面はごっそり削ぎ取られたように存在しなかった。ただ黒々とした闇があるばかりで、ああ、この厲鬼は私の顔が欲しいのだな――と思った。

気づくと部屋は薄暗く、蠟燭の明かりが灯《とも》り、李の低い呪言《じゅごん》が響いていた。父と下男の姿はなく、線香のにおいが満ちている。

「……万神に普《あまね》く告ぐ……正道に回向《えこう》し内外清澄《せいちょう》せよ……急急たること、律令《りつりょう》のごとくせよ……」

琬圭の耳には、李がなんと唱えているのか、はっきりとわからない。紙の燃えるにおいがして、李が器を手に琬圭の枕元にやってくる。

「これを飲みなさい」

さしだされた器には水が入っている。灰が浮かんでいた。李は琬圭を抱え起こし、器を口につける。しかし、琬圭は水を飲み込めずに吐き出した。泥水のようだった。李は眉をひそめる。

「いかんな……」

低いつぶやきに不安になる。胸はさらに重くなり、手足がきりきりと痛む。これはいったいなんなのか。

すこしのあいだ、思案げに琬圭の顔を眺めていた李は、おもむろに懐《ふところ》をさぐり、布包みをとりだした。それを開くと、小さな石英《せきえい》のかけらのようなものがいくつか、きらきらと輝いていた。李はそのひとつをつまみあげる。

――鱗《うろこ》……？

琬圭には、それが一枚の薄い鱗に見えた。乳白色で、螺鈿《らでん》のような極彩色にきらめいている。儚く、美しい鱗だった。

李は琬圭の顎を上向けると、その鱗を口のなかに押し込んだ。ひんやりとした氷が舌の上に乗ったような心地がした。いや、氷のように冷たいだけではない。深山幽谷《しんざんゆうこく》に咲く花の蜜《みつ》かのごとき繊細であえかな甘さが口腔《こうこう》に広がり、陶然《とうぜん》となる。すう、と胸から鼻まで爽やかな芳香が通り抜けた。熱を持っていた頭が天辺から涼しくなり、手足の痛みが引いてゆく。胸の内は清々《すがすが》しい息吹に満たされ、全身が淡くやわらかな光に包まれるようだった。これほど気分がいいのは、生まれてはじめてだった。ずっとこの心地よさに包まれていたい。閉じた瞼の裏に、ふと何者かの顔がよぎる。これは誰だろう。翻《ひるがえ》る披帛《ひはく》、揺れる簪《かんざし》、白いふっくらとした頬《ほお》の輪郭《りんかく》が光をはじき、涼やかな双眸《そうぼう》が琬圭を捉《とら》え、驚いたようにその目が見開かれる――

はっと、琬圭は目を開いた。

部屋の天井が見える。線香のにおいが消えかかっている。息をするのが苦しくない。頭は冷えて、胸は軽く、手足の痛みも消えていた。思わず起きあがり、周囲を見まわす。あの異形の厲鬼は姿を消して、李が琬圭を見おろしていた。

「気分はよろしいようですな」

琬圭は口のなかが乾いてまだうまく声が出ず、ただぼんやりとうなずいた。

「常人なら請符《せいふ》――護符を焼いて、その灰を溶かした水を飲むことですが――これで幽鬼のごときは退散するのですがな。あなたにはどうも効かぬようでしたので、霊薬を飲ませました。誰にでも飲ませるものではござらん。人によっては、毒になり得るものゆえ。あなたの命を救うにはこれしかなかったと、ご理解いただきたい」

「はあ……それは、もちろん」琬圭は何度か唾《つば》を飲み込んで口から喉《のど》を湿らせると、ようやく声を発した。寝台の上で李に向き直り、頭をさげる。「命をお救いいただきまして、ありがとうございました」

うさんくさいと思っていたが、れっきとした道士であったらしい。仙人と言うべきか。

「霊薬というのは、いったい――」

それに、さきほど垣間見た不思議な人物は、何者だろう。乙女に見えた。霊薬が見せた幻だろうか。

「詳細は明かせませぬ。それでは、私はお父上と話がありますのでな、これにて」

そっけなく言って、李は早々に部屋を出ていった。父と礼物の交渉でもするのだろうか、と思いつつ、琬圭はさきほどの乙女の姿を脳裏に描いていた。


「おまえ、そろそろ身を固める気はないかい」

父がそんなことを言い出したとき、琬圭は今が食べ頃の桜桃《おうとう》をつまんでいた。白い玻璃《はり》の器に盛られた桜桃は瑞々《みずみず》しく、ぱんと張った皮が四月の陽光をはじき返している。水桜桃やら蠟珠《ろうじゅ》やら、桜桃には何種かあるが、これは大粒の呉桜桃《ごおうとう》であった。病み上がりの体に美味がしみわたる。

「そろそろもなにも、父さん、私はまだ二十三ですよ」

おおよそ、それなりの身代《しんだい》の男が正妻を娶《めと》るのは三十を過ぎてからである。

「それに、おわかりでしょう、私は体が丈夫じゃありませんし……」

琬圭は結婚するつもりがない——というより、病弱なこの身では適齢期まで生きているかどうかも定かではないので、あたら若い娘に寡婦《かふ》の憂《う》き目を見せるよりは、独り身を通したほうがいいだろうと思っているのである。幸い、ひとり息子でもなし、兄はたくさんいる。

「このところはずいぶん調子がよさそうじゃないか。こないだ李道士がお祓《はら》いをしてくれてからというもの……」

「まあ、そうですが」

そのとおり、熱も体のだるさもすっかり消えて、かつてないほど清々しい気分なのである。

「ほかでもない、その李道士の娘さんなんだよ、おまえ」

「え？　なにがです？」

「だから、結婚の話だよ。李道士は娘さんの嫁入り先をさがしておいでなんだ。それで、おまえにどうかとね」

琬圭は困惑した。

「待って……待ってください。なんですって？　どうして、また、そんな話に」

「娘さんは李道士の娘だけあって、霊妙な術を心得ているそうだ。おまえの健康にいいだろうと、こうおっしゃるんだよ。それがいちばんなによりじゃないか」

琬圭が幼いときからずっと、彼の健康に気を揉《も》んできた父だけに、そこに最も心惹《ひ》かれているようだ。

「だからといって、そんな、さすがにどこの誰ともわからぬ人の娘を」

「おまえの命の恩人なのはたしかだ。身元がたしかであれば信用できるというものでもないからね」

命の恩人、それは間違いない。今、琬圭がぴんぴんして桜桃を頬張っていられるのは、李のおかげである。

「そうは言っても……」

琬圭は桜桃を咀嚼《そしゃく》しながら、李の思惑を考えている。しかし、道士の考えることなど計り知れるものではない。琬圭にはわからぬ世界が、李の向こうには広がっている。そう思えた。

「これもひとつの縁だろう。縁がなければ、途中で破談になるだろうさ。そういうものだよ」

おっとりと笑って、父は腰をあげた。

「元気になったといっても、暑気《しょき》あたりには気をつけなさい。桑酒《くわざけ》でも飲んで、滋養をつけるんだよ」

父が帰ったあと、琬圭は律儀に桑酒を小間使いに用意させて、それを飲みつつ、格子窓《こうし》に目を向けた。

琬圭の住む張家楼の離れは三階建ての高楼で、造りはこぢんまりとしているが、趣向が凝らされている。蓮を象《かたど》った瀟洒《しょうしゃ》な装飾を随所に施し、一階には露台を設《しつら》え、その前には蓮池が広がる。露台には値の張る華麗な磚《せん》を敷き詰めてあった。

離れの南側、回廊と中庭を挟んだ向こうには、張家楼の本館がある。そちらは二階建ての、甍《いらか》も美しい壮麗《そうれい》な建物である。扉や窓の格子には牡丹《ぼたん》と桃、松鶴《しょうかく》といった縁起のいい装飾がふんだんに施され、遠目にも贅《ぜい》を尽くした造りであるのがわかる。離れや回廊とそろいの吊り灯籠《どうろう》が、軒先《のきさき》でゆるやかな風に揺れていた。

酒宴が催《もよお》されると騒々しくなるが、今は静かなものだ。大体、客はよそから商売に来ている客商なので、昼日中にのんびりとくつろいではいないのである。

彼らは旅館に商売品を預け、仲介業者に成都の商人とつないでもらい、商品を売る。張家楼のような旅館には、そのための大きな倉庫もあった。さらには、旅館は客商の商いの手伝いもする。こうした旅館は、客を泊めるだけの商売ではないのである。

張家楼は絹問屋などほかの商売もしているので、さまざまな方面に顔が利き、客商からの信頼が厚い。張家楼が繁盛しているのは、なにも店構えが立派だからではないのだ。琬圭はここの主《あるじ》を任されているが、豪商張家の看板あっての商売で、琬圭ひとりの才覚で切り盛りできるものではない。病弱なのだから、なおのこと。

――父が望むなら、逆らう気はないが……。

桑酒で舌を湿らせる。ほんのりと薬湯《やくとう》のような苦みがしみてくる。桑酒は桑の実の搾《しぼ》り汁や生姜《しょうが》などを煮つめて、酒と合わせたもので、風熱《ふうねつ》の疾《やまい》に効くという。年代物ほど深みのある味がする。酒で喉が熱を持つ。

――乗り気なのは、父よりも正夫人かな。

ひんやりとした正夫人のまなざしを思い出す。張家のなかで琬圭に冷ややかなのは彼女くらいであろう。なぜ冷ややかなのかといえば、琬圭が父の実子でもないのに父の財産をかすめとっているから、である。

琬圭は表向き、父とその第三夫人の息子ということになっているが、その実、父の息子ではない。父の妹の息子であって、その父親は誰なのかもわかっていない。父の妹は出産時に死んでおり、不憫《ふびん》がった父が琬圭を引き取り、育てたのである。

父には息子が多い。いちばん大きな商いである絹問屋は正夫人の産んだ長男が継ぐことになっているが、ほかの息子たち――琬圭以外だが――は隙《すき》あらばその地位をぶんどろうと狙っている。息子たちのそれぞれの母親も、わが子に絹問屋を継いでほしいと思っている。病弱な琬圭はそうした争いとは無縁なのだが、正夫人は琬圭に張家楼を任せているのさえも気に食わないのである。顔を合わせればちくりちくりと嫌味を言われる。嫁をもらうにしても、清河《せいが》の崔氏《さい》だの范陽《はんよう》の盧《ろ》氏だのといった名門の子女をもらうとなれば難癖をつけて阻《はば》もうとするに違いない。だが、素性のあやしげな道士の娘であれば、諸手《もろて》を挙げて賛成するはずだ。あの道士は名門たる隴西の李氏の出だと言っていたが、よくある詐称《さしょう》であろう。

正夫人に逆らっていいことはない。なにより父が乗り気であるのだから、琬圭としては否《いな》やはなかった。

——父の言うとおり、縁に任せればいいか。

風が吹いて、結い上げた髪の後《おく》れ毛を撫《な》でていった。風は俗世から自由である。

琬圭が李とふたたび会ったのは、それから数日後のことである。

その日は四月十九日、成都の城民がこぞって郊外の景勝地である浣花渓《かんかけい》へ行楽に向かう日であり、張家の人々もめいめいが着飾って出かけていった。琬圭は陽光が強すぎるからと誘いを断り、代わりに番頭たちを遊びに行かせた。この日は決まって快晴で、雨が降ったためしがないと世間の人は言うが、たしかにそんな気もする。

静かな張家楼の奥、蓮池に面した離れの露台に佇み、まばゆい日光を輝かせる水面《みなも》と蓮の葉を眺めていると、ふと背後に人の気配を感じた。ふり返った琬圭は驚きのあまりあとずさり、危うく池に落ちるところだった。琬圭の腕をつかんで助けたのは、あの李道士である。先日とおなじく、質素な袍に身を包み、美しい顎鬚はつややかに輝いている。

「な……、ど、どうして、あなた」

――いったい、どこから。足音も衣擦《きぬず》れもしなかった……。

「知らせに参った。洞庭君《どうていくん》から許しが出たのでな、今宵《こよい》、こちらに娘が輿入《こしい》れすると決まった」

琬圭はぽかんとした。李の口調は先日よりもくだけたものになっているが、それに気が回らぬくらい、琬圭は驚いた。

「なんとおっしゃいました？　洞庭君とは――いや、今宵輿入れとは、そんな、そんな無茶な話がありますか。結婚の手続きは、まだひとつも終わっていませんよ。いったいどういうことです？」

そもそも縁談を父から聞いたのが数日前である。正式な結婚には相手の名を問うたり吉凶を占ったりといった七面倒な手続きがあり、三月《みつき》も四月《よつき》もかかるものだ。それをいきなり今夜嫁《とつ》いでくるなどと、常識はずれどころの話ではない。父も仰天するだろう。

「娘の結婚には、娘の祖父――私には舅《しゅうと》、妻の父だな、その意向が最も優先される。舅の決定が一族の絶対なのだ。私はいかんせん立場が弱い。まあただの人間なのだから仕方がない」

「え?」

「舅の許しが出たので、今日から私の娘はあなたの妻となり、私はあなたの義理の父となる。娘は夜にやってくるが、これといった迎えの用意はいらぬ。すべてこちらで整えるゆえ。あなたはただここに立って待っていればよい」

なにを言っているのか、まるでわからない。

「待っていれば、と言われても……」

「花嫁行列が来る前に、まず私がふたたびこちらへ先触れとして訪れる。ではまた、夜に」

言うだけ言って、李は露台を降りると回廊を歩いて去っていった。琬圭はひとり、わけのわからぬまま取り残される。

――いったい、どういう……。

父は知っているのだろうか。たしかめようにも、父は浣花渓に出かけている。

夜にここにやってくる、といっても、城内は日没とともに城門はもとより坊門《ぼうもん》も閉じられて、日の出まで開かない。

坊というのは、四方を壁に囲まれた方形の居住区である。城内はまっすぐ伸びたいくつもの道が直角に交差することで居住地を区切っており、坊は大きな道で区切られた一区画である。城内はこうした多数の坊から成り立っている。坊には二門、ないしは四門の坊門がある。坊の内にさらに細かな道があり、これを曲《きょく》とか路《ろ》とかいった。夜間でも曲、路は行き来できるが、坊の外には出られない。

張家楼のある場所は、住宅地である坊ではなく商いの場である市だが、門の決まりは坊とおなじである。日没を迎えれば市門は閉じられる。したがって、李の娘も夜にやってくるというなら、すくなくとも日の沈まぬうちに市内に入っていなくてはならない。それは知っているのだろうか。どこの城でもそういう決まりであるので、知らないわけはないと思うが、城の外、村住まいなら知らないかもしれない。

——さすがにそんなこともないだろうが、どうもわけがわからない。

この結婚はどうにもおかしい。琬圭の胸中にはむくむくと不安がふくらんでいた。

父を問いただそうにも張家の人々はいっこうに浣花渓から帰ってこず、そのまま日没を迎えた。例年、浣花渓で遊んだあとは近くの宿屋で宴《うたげ》を設けて、張家本邸に帰ってくるのは翌日だったので、今年もそうなのだろう。

日暮れ頃からにわかに雲が増え、夕陽《ゆうひ》を覆って恐ろしいように輝き、だんだんと雨が降りそうな湿った風が吹きはじめた。

李がやってきたのは、三更《こう》になったころ（午後十一時頃）で、湿っぽい暗がりのなか、琬圭は露台にひとり佇んでいた。旅館のほうは平素なら明かりがこうこうと灯っているが、この時季には不似合いな湿った強い風を災風《さいふう》と恐れ、早々と火を落として暗闇に沈んでいる。

ぽつり、ぽつりと雨粒が足もとに落ちてきたかと思うと、驟雨《しゅうう》のごとき荒々しい降りようになった。琬圭は軒先の下へと避難する。袍についた雫《しずく》を払い、ふうと息をついたときである。

昼間とおなじく李は気づけば背後にいた。

「娘の名は小寧《しょうねい》という。幼名だが、真の名は洞庭君しか知らぬのでな。許されよ」

李はそう言って、空を指さした。雨に遮《さえぎ》られた、とっぷりと深い藍色の空である。――いや。なにか、輝いている。この雨のなか。琬圭はいぶかしみ、目を凝らした。

輝くそのなにかは、霧に覆われているかのようだった。そこだけ雨をはじいているのだ。それは徐々にこちらに近づいてくる。星とも月とも異なる光で、白に緑、赤、青と、螺鈿のような輝きを放ち、鳥のように羽ばたくでもなく、するすると動いている。

――彩雲《さいうん》。

琬圭はそう思った。色とりどりに輝く雲。まれに空に輝くあの雲に似ている。それが近づき、下降してくる。張家楼へ——琬圭のもとへ。

彩雲の姿がはっきりとしてくるにつれて、琬圭は何度も目をしばたたき、見開いた。ぽかんと口も開く。

楽が鳴っている。笙《しょう》の音、琴《きん》の音、鼓《こ》の音。翻る薄い披帛が、袖《そで》が、螺鈿のごとく極彩色にきらめく。

琬圭は声も出なかった。いったいこれはなんだ。自分は夢を見ているのだろうか。

輝く雲の上に、何人もの人が乗っている。いや、人ではなかろう。人であるはずがない。だが、姿形は人であった。女もいれば男もいる。楽を奏でる者たちや侍女らしき女人を背後に従え、いちばん前に立っているのは、ひとりの美しい乙女だった。

天女であろうか、と思う。歳《とし》のころは十五、六に見える。白いふっくらとした頬に黒々と濡れたような瞳、鼻梁はすっきりとして、紅唇《こうしん》は薄く小さく、わずかに白い歯が覗《のぞ》いている。つややかな髪は高く宝髻《ほうけい》に結い上げて、金銀珠玉で花を象った髪飾りをふんだんにつけていた。大袖の衫《さん》、腰高に着付けた長裙《ちょうくん》は一見絹に見えるが、彩雲そのもののような繊細で豪奢《ごうしゃ》なこの色合いと輝きはなんだろう。絹問屋の父を持つ琬圭にも、その布地の正体がうかがい知れない。波斯《ペルシア》の商人からもたらされる絹にもない輝きだった。

雲が近づき、乙女も間近に迫る。その面貌《めんぼう》をよくよく見て、琬圭は、あっと思った。

――あの乙女。

李に霊薬を飲まされたときに見た、幻の乙女の顔である。髪型や化粧、装いは異なるが、顔立ちは紛れもなくあの乙女だった。

――どういうことなのか……。

起こっていることのひとつもわからない。長い長い夢を見ているようでもあった。ぼんやり乙女の顔を眺めていると、雲は蓮池の上に降りて、霧のように溶けて消えていった。同時に乙女の背後にいた大勢の楽人や従者も消え、ただひとりの侍女が腰をかがめてうしろに控えていた。気づけば雨はやんでいる。乙女は池の上に立っていた。たしかに水の上に立っていた。どういう仕組みなのか、琬圭はもはや驚きもしない、なにせ雲に乗ってやってきたのだから。

乙女はゆっくりと、すべるように琬圭のもとへ歩いてくる。爪先の高く反った履《くつ》が前へと出されるたび、ゆったりとした長い裙が水面にさざなみを立て、蓮を揺らす。暗闇のなかで、乙女の姿は発光しているかのように見えた。池から露台に足がかかる。乙女の身のこなしは、まるで体の重みなどかけらもないかのように軽かった。ふわりと風が動き、花の香りが漂う。乙女は琬圭の目の前に立っていた。その顔はやはり、人を離れた美しさがある。まばたきもできずにいると、乙女の表情が動いた。わずかに眉根をよせて、長い睫《まつ》毛《げ》に縁取られた双眸《そうぼう》で、琬圭をにらんだのである。

「お父様、この男のどこがよくて、わたしの婿《むこ》にとお祖父《じい》様に推薦なさったの？」

玲瓏《れいろう》な声だった。しかし声音《こわね》には棘《とげ》が含まれている。

「人間の花婿なんて今時、流行《はや》らないわ。柳《りゅう》公のころとは違うのよ」

「ほかの姫君たちに嫌味を言われたか？　それはおまえがうらやましいからだよ」

李は琬圭がはじめて聞くようなあたたかみのある声で言って、微笑した。彼は琬圭のほうを見て、「柳公というのは、高宗《こうそう》のころの人で、洞庭君の娘を娶《めと》った人だ」と言った。

ふたりが言うのは、あの説話のことであろうか、と琬圭は思う。洞庭湖《どうていこ》の龍王の娘を助け、娶った青年——その名を柳毅《りゅうき》といった、その話……。世間によく知られたお伽《とぎ》話である。

では、このふたりが話しているのは、いったいどういうことなのか。

琬圭の背中を汗が伝う。

「この小寧は私と洞庭君の娘のあいだにできた子でな、半分人間だが、半分は洞庭君、つまり龍王の血を引いている。私の妻は洞庭君と湘水《しょうすい》の女神との娘で、小寧はその血を色濃く継いでいるから、めったな幽鬼妖魅は近づいてはこぬだろう。あなたにはちょうどいい」

李の言葉に、琬圭はめまいを起こしそうになる。

「龍王——龍王の血を引く、ですって？」

——まさか、そんな。

と思うが、今目の前で見たものは、ではなんなのか。輝く雲に乗って空を飛んできて、水の上を歩くこの神々しいまでに美しい乙女は。

「洞庭君は龍王のなかの龍王、そのかたがあなたを孫娘の婿にと決めた。破談となれば気性の荒い洞庭君の弟君や眷属《けんぞく》が、あなたを八つ裂きにするだろう。よいかね、あなたにとって小寧を娶ることは吉で、娶らぬことは凶だ。それ以外にない」

李は悠揚《ゆうよう》な口調で、脅し文句を並べた。琬圭は、すとん、と尻餅《しりもち》をつく。腰が抜けたのだ。

——では、ほんとうに、この乙女は龍王の血を引く娘なのか。

乙女は——小寧は、腰を抜かした琬圭を軽蔑《けいべつ》するように見おろしている。

「小寧、彼はおまえの鱗を飲んでもなんともなかった。縁があるんだよ」

「鱗？」と訊《き》いたのは、琬圭である。李は琬圭のほうを見て、

「あなたに飲ませた霊薬、あれはこの娘の鱗だ。霊薬というが龍の鱗に耐えられる人間はそうはいない。あなたが死にそうだったので、いちかばちか、飲ませてみたのだ。いや、助かってよかった」

はは、と笑うが、笑い事ではない。

「安心なさい、鱗といっても、この娘が龍に化けることはない。この娘が生まれたとき、へその緒と見誤って龍尾を切ってしまってな。以来、龍に化すことができなくなってしまったのだ」

小寧がふくれっ面《つら》になる。

「この娘はそれを怒っているが、しかしあなたに嫁《か》すならそのほうがよい。これも縁だろう。なに、そう構えることはない。龍王の孫娘とはいえ半分は人間、見た目も人間、泣けば雨が降るし怒れば雷が落ちるが、それ以外はふつうの人と変わらぬ、変わらぬ」

さらりと言ったが、――雷が落ちる？　それのどこがふつうなのか。

「どうしても困ったら、私を呼びなさい。相談くらいは聞こう。では、御免」

そう言ったかと思うと、李は露台から蓮池に飛び込んだ。水に落ちる瞬間、李の姿は煙のように消え失せる。琬圭はもはや驚き疲れてしまって、ただ呆然《ぼうぜん》と蓮池を眺めた。

「ねえ、ちょっと」

邪険そうな声が降ってくる。目をあげると、小寧がムスッとした顔で腕をさすっていた。

「ここは寒いわ。わたしの住まいはどこ？　もちろん用意してあるのでしょう？」

琬圭はまだぼんやりとしたままながら、背後の高楼を指さした。急なことだったので、もちろん屋敷を新たに用意するなどということはできていないが、昼間のうちに一応、楼の上階に婦人用の部屋を整えてあった。

　小寧が楼を見あげる。

「ふうん、思ったより素敵……」思わずといった様子でつぶやいて、んん、と小寧は咳払《せき》いする。「あら、ここは花模様になっているのね」身をかがめて露台の磚を眺め、「雄鶏《おんどり》と蓮が彫ってあるわ！」と部屋に通じる扉を見て言う。その声にはふつうの若い娘と変わらぬ、弾んだものがあった。琬圭の耳に『ふつうの人と変わらぬ』という李の言葉がよみがえる。

　扉の彫刻を指でなぞっていた小寧は、くるりと琬圭をふり返り、ばつの悪そうな、恥ずかしげな顔をした。

「わ……わたし、人間の住まいを見るのははじめてなのよ。めずらしいの。それだけよ。霊虚殿《れいきょでん》だって、すばらしい宮殿だもの」

　琬圭はいくらか落ち着きを取り戻し、立ちあがった。

「霊虚殿というのは？」

「わたしの住んでいたところ……お祖父様の宮殿」

「洞庭湖にある龍宮？」

「ええ、湖の島にあるのよ。たくさんの、それは見事な宮殿が……」

琬圭が歩みよると、小寧は恐れるように扉のうしろにまわり、半分だけ姿を見せた。それがまるではにかみ屋の小さな子供のようであったので、琬圭は思わず微笑を浮かべた。

「君は、そこでずっと暮らしていたのかい？」

「そうよ。お母様はわたしを産んだときに死んでしまったから、お祖父様に引き取られて」

「それじゃあ、私と一緒だ。私の母もおなじように死んで……私を引き取ったのは、祖父じゃなくて母の兄だけれど」

琬圭はつい、ほんとうのことを口にしていた。

「そうなの？　あなたもお母様がいないの？　お父様は？」

小寧の瞳はまったく澄んでいて、透明な泉のようで、やはり人ではないと思えた。

「父はいない。誰かも知らない」

「いない？　ふうん……？」

小寧はすこし首を傾けた。玉の耳飾りが揺れる。

「君の父上は、どうして私を君の婿に選んだんだろう」

そう尋《たず》ねると、小寧は拗《す》ねたようにぷいと顔を背けた。表情がころころ変わる。その身にまとう衣の色彩とおなじだ。

「知らないわ。だから、わたしもお父様に訊いたじゃない。お父様は、あなたのどこを見込んだのかしら？　幽鬼に祟られて死にかけていたというじゃないの。脆弱《ぜいじゃく》ね。どうしてわざわざそんな人間を婿にしようというのかしら」

小寧の文句はとまらない。

「わからないのはお祖父様もよ。お祖父様がお決めになったら、もう誰も逆らえないわ。お祖父様は昔、娘をよその龍王の息子に嫁がせたらひどい目に遭《あ》わされたから、龍族には嫁がせたがらないの。それを助けてくれたのが人間だから、人間贔屓《びいき》なのね。だからわたしのお父様は人間なわけだけど――」

文句を半分聞きながら、琬圭は部屋に入り、戸棚から蔗漿《しょしょう》の入った玻璃の瓶《びん》と、白糕《はくこう》(米粉の蒸しパン)、笹の葉で包んだ蒸し餅をのせた器をとりだして、小卓に置いた。小寧は言葉をとめて、鼻をくんくんさせた。

「なんだかいいにおい。それはなに？」

「甘い飲み物と、軽食だよ。お腹《なか》は空いてないかい。君は人間とおなじものを食べるのかな？」

「あら……」と言ったきり、小寧は文句を洩《も》らしていた唇を閉じて、小卓の上に並んだ食べ物に見入った。

「どうぞ、こちらに座って」琬圭は長椅子《いす》をすすめ、露台の端にじっと黙って佇んでいた女に目を向けた。

「彼女は、君の侍女だね？」

小寧は長椅子に座り、ものめずらしそうに卓上の食べ物を眺めながら、うなずいた。

「十四娘《じゅうしじょう》よ。鼈《すっぽん》なの」

「え？」

「鼈。あの蓮池は素敵ね。十四娘が棲《す》むのにちょうどいいわ」

小寧はもう白糕に手を伸ばしている。十四娘、という侍女は四十くらいに見えるずんぐりとした女で、目はつぶらで口が大きい。十四娘はどたどたと歩いてくると、「姫様、はしたのうございますよ」と白糕を頬張る小寧を咎《とが》めた。

「いいじゃないの。お腹が空いているのよ。おまえもお食べ」

小寧は白糕を十四娘に向かって放り投げた。十四娘はがばりと大きな口を開けてそれを受けとると、咀嚼《そしゃく》もせずに飲み込んだ。

「……君も蓮池に棲むほうがいいのかな？」

琬圭が訊くと、小寧はとんでもない、と言いたげに目を丸くした。

「いやよ。わたしはふかふかのお布団で寝たいわ」

「ああ、そう。それなら用意してあるよ」

「ねえ、これはおいしいの？」

小寧は蔗漿の瓶を指さす。琬圭は杯に注いで、さしだした。小寧は舐《な》めるようにちょっと口をつけたあと、ひと息に飲み干した。喉も渇いていたらしい。

「洞庭湖にもご馳走《ちそう》はたくさんあったけれど、こんなものははじめて口にするわ。人間の食べ物は、うんと甘いのね」

「甘くないものもあるよ。辛いものも、苦いものも」

「苦いのは、薬でしょう。知ってるわ。わたし、嫌い。それはいらない」

まだまだ子供なのだな、と琬圭は微笑する。子供をひとり神仙から預かったと思えばいいか、と思う。小寧も好き好んで来たわけではないのだから、やさしくしてやらねばかわいそうだ。

「食事を用意させようか。これじゃ足りないだろう」

「ううん、これがいいわ。気に入ったから」

その言葉どおり、小寧は器にあった白糕と蒸し餅をぺろりと平らげて、満足そうな息をついた。眠たげにまばたきしたかと思うと、ころりと長椅子に横になる。部屋に案内しようと琬圭が腰をあげたときには、すでに寝息を立てていた。

——やれやれ。

小柄な少女とはいえ、非力な自分に抱えられるだろうか、と危惧《きぐ》しつつ小寧を抱きあげると、真綿のような軽さに驚いた。やはり人間とは違うようだ。

——いったいどうなることやら。

そう思いながら、琬圭はすやすやと眠る小寧をそっと抱え直した。

琬圭は高楼の一階で暮らしている。階段を上り下りするのが疲れるからである。

露台に面した広間と寝室があるきりで、台所は旅館のほうにしかない。湯殿は高楼のうしろに別棟があった。ひとりが気楽なので小間使いはそばに置かず、用があれば旅館に足を運ぶ。もちろん、病に臥せっているときはべつだが。

三階建てだが、上二階はこれまで物置としてしか使っていなかった。小寧を迎えるにあたって二階と三階どちらがいいだろうかと迷ったが、気に入らねばあとで交換すればいいと、ひとまずいちばん上の三階を住まいとして整えた。整えたのは張家楼の使用人たちである。彼らには率直に、新婦が来ると告げた。いきなりのことに皆唖然《あぜん》としていたが、さすがに主人に問いただすことも文句を言うこともなく、大急ぎで掃除をしてくれた。

もとは泊まり客のために建てられたものなので、上階にも螺鈿細工の黒漆《くろうるし》の卓や金銀泥《きんぎんでい》で草花を描いた紫檀《したん》の箪笥《たんす》など、贅沢《ぜいたく》な調度類は備わっている。あとはそこに玻璃や青磁《せいじ》の器をそろえ、玉の置物を飾り、牡丹の花を活《い》け、香を薫《た》いた。

結果として、小寧はその住まいをたいへん気に入ったようである。翌朝、まず眺めがよい、次いで調度品の趣味がよい、花がよいと、お褒めにあずかった。金銀珠玉のたぐいは見慣れているのだろうが、花はめずらしいようだ。

「庭の花を見るかい？　牡丹が花盛りだよ」

中庭には華麗な磚が敷き詰めてあり、そのあいだに四季折々の花が植えてある。今の時季は牡丹が見事だ。中庭を見せると、小寧は飽きることなく牡丹のあいだを歩いては花弁に触れ、腰をかがめてはにおいを嗅《か》ぎ、座っては凝視した。喜んでいるというよりは、めずらしさに観察しているといったふうだった。

今日の小寧は昨夜の婚礼衣装とはうってかわって、高髻《こうけい》に結い上げた髪には簪のひとつもなく、化粧気もない。しかし大袖の衫に裙といった衣は昨夜とおなじくどういう生地なのかわからない、白かと思えば緑、青といったさまざまな色に映る不思議な衣だった。玉虫色といえばいいのか、だがそれよりもずっと繊細で、美しい。やはり螺鈿というのがいちばん近い。

風に小寧の肩にかかった披帛が翻り、ふわりと飛ぶ。琬圭のほうに飛んできたので、手を伸ばしてつかんだ。これを羽衣と呼ぶのだろうか、と思うような、儚い手触りだった。強く握れば、はらはらと崩れてゆくのではと思えた。

「お腹が空いたわ」

小寧が近づいてきたと思ったら、そんなことを言った。朝食に冬葵《ふゆあおい》の粥《かゆ》と漬物、鶏《とり》の羹《あつもの》を食べたばかりである。

「とても？　それとも、すこし？」

そう確認すると、小寧は小首をかしげて考える様子を見せたあと、

「すこし」

と言った。

「じゃあ、桜桃を食べようか」

言って、披帛を返そうとした琬圭は、小寧が片手になにか持っていることに気づいた。牡丹だろうか、花鋏《はなばさみ》は持っていなかったはずだが——。

視線に気づいた小寧が「これ？」と手をあげる。

「わっ」

と、琬圭は思わず飛び退《の》いた。小寧がつかんでいたものは、牡丹などではなかった。蛇、いや違う、大きな守宮《やもり》のような、なんとも判じがたい『なにか』だった。長細く、うねう

ねとうごめいている。虫のような翅《はね》がある。守宮のような足がある。小さな牙の並ぶ口が見えた。ギギ、と鳴き声に似た音がする。

「つまらない虫よ」

小寧はそれの頭らしきところをつかむと、無造作にぷちりと引きちぎり、ぽいと放り捨てた。それは宙で炭のように黒く変じて、崩れ、消えていった。

「いや……虫……虫……？」

琬圭は喘《あえ》ぐように息を吸う。いやな汗が背中ににじんだ。

「ここにはたくさんいるわよ。あなた、よくこんなところに平気で住んでいるわね」

「たくさん――あれが――」

「うじゃうじゃ。牡丹の陰にも蓮池にも」

琬圭は思い浮かべて、ぞっとした。李道士に会うまで、琬圭はそうしたものを見たこともなかったが、見えなくてよかったと思う。

「ほら、あそこにも」

小寧は中庭の隅《すみ》に植えた紅梅を指さす。琬圭がふり返り、目を凝らすと、枝に黒い虫瘤《むしこぶ》のようなものがこびりついているのが見えた。もぞもぞと黒いものが動く。うっ、と琬圭が口を押さえると、小寧は「あんなものが怖いの？　弱虫ね」とあきれたように言った。

「それより、早く桜桃を食べたいわ。持ってきてちょうだい」

「持ってくるには、あのそばを通らないと――」

紅梅は回廊のそばに植えられているのだ。小寧はつまらなそうに鼻を鳴らす。

「しようのないひとね。自分が引き寄せているくせに」

小寧がまばたきをする。つやのある長い睫毛が揺れて、瞳が朝露のようにきらめいた。

その瞬間、ぱっと光が閃《ひらめ》き、次いで枝の折れるいやな音が響いた。紅梅の枝が地面に落ち、そこにいた黒いものは雲散霧消していた。焦げ臭いにおいが漂う。雷が枝に落ちた。そのように見えた。

琬圭は紅梅に近づき、身をかがめて落ちた枝を眺める。枝は焼き焦げ、黒いもののいた箇所は腐っていた。

「あなたはそれに触れてはだめよ。焼いておしまいなさい」

小寧が注意する。

「君はああいうものが、なんというか、退治できるのかい?」

小寧は、すこし頭を傾けた。

「目障《めざわ》りだから、消すだけよ。大叔父様あたりなら、食ってしまうわね。わたしはいやだけど」

「へ、へえ……」

「どちらにしたって、そのうち寄ってこなくなるでしょう。わたしの姿を見ると、たいてい逃げるか、隠れるかするものだから。そうでないと困るわ。いちいち雷を落とすのも面倒だもの」

「雷……」

めまいがしそうだった。言うこと為《な》すこと、すべてにおいて人とは異なる。落ち着こう、と眉間《みけん》を指で揉む。小寧に合わせて話をしなくてはならない。そのうえで、小寧にここでの暮らしを理解してもらわねば――雷などそうたびたび落としてもらっては困る。屋敷が燃えてしまう。

「できれば、雷は落とさないでもらえるとありがたいのだけど」

小寧はムッとしたように眉をよせた。

「引き寄せているのはあなたでしょうに。わたしが追い払っているから、あなたは今平気で立っていられるのよ。わたし、朝からどれだけ虫を蹴散《けち》らしたか知れないわ」

そういえば、今日は起きたときから調子がよい。小寧があしたものを消してくれていたからか。

「それは……、どうも、ありがとう」

礼を言うと、小寧はじろじろと琬圭の顔を眺めた。

「じゃあ、雷は落としてもいいのね？」

「いや、それはちょっと」

「あなた今『ありがとう』って言ったじゃないの」

うーん、と琬圭は唸《うな》る。会話が嚙《か》み合うようで嚙み合わない。小寧はいらいらした様子でむくれていた。琬圭は、あっ、と気づく。

「そうだ、お腹が空いていたんだったね。桜桃を持ってくるから、さきに部屋に戻っていておくれ」

琬圭は足早に旅館のほうへ行き、器に山盛りにした桜桃と、蒸したての白糕を蒸籠《せいろ》ごともらうと、離れへと引き返した。

小寧は一階の広間の長椅子に寝そべり、退屈そうに片足をぷらぷらと揺らしながら蓮池を眺めていた。

琬圭が桜桃と白糕をのせた盆を小卓に置くと、小寧はすばやく起きあがり、さっそく桜桃をつまんだ。琬圭には目もくれず、黙々と桜桃を口に放り込んでゆく。やれやれ、と思いながら琬圭は長椅子の端に腰をおろした。

――人よりもお腹が空くものなのかもしれない、龍女というものは。さきほどのように神力を使うのであればなおさら。

桜桃を平らげ、あつあつの白糕をひとつ、ふたつと腹に収めると、小寧の顔からは険しさがとれて、落ち着いてきた様子だった。やはり腹が空いていたせいで、いらいらしていたようだ。

「雷を使うと、お腹が空く？」

尋ねると、小寧は白糕をちぎって口に入れながら、「そうね」とうなずいた。

「だから、あれを食べてしまえば一挙両得なのだけど。おいしくないから、いや」

「ああ、なるほど。——足りないかな？　もっと持ってこようか」

「もういいわ。ここの虫はぜんぶ追い払ったし、さっきの雷に驚いてその辺にいた残りも逃げたでしょうから、とうぶんお腹が空くことはないわ」

「そうか。ありがとう」

小寧はまた新たな白糕に手を伸ばし、「雷を落とすのはだめだと言うのに、どうしてお礼を言うの」と訊いた。

「いや、それは……虫を追い払ってくれたから」

「あなたのためじゃないわ。目障りだからよ。埃《ほこり》があったら、掃除するものでしょ」

当たり前のように小寧は言った。

「うん、まあ、そうだけど。君がそうする理由にお礼を言ったんじゃなくて、結果にお礼を言ったんだよ」

小寧はようやく琬圭のほうを向いた。頬が口に入れた白糕でふくらんでいる。

「よくわからないことを言うのね、人って」

もごもごと判然としない言葉であったが、琬圭はなんとなく理解した。

――わからないのは、おたがい様なのだな。

と、持ち前の鷹揚さで琬圭は受けとめた。元来、受け流すことと受け入れることに長《た》けている。順応は早く、気は長い。

「姫様、姫様」

露台のほうから声がする。小寧の侍女の声だ。小寧は白糕を頬張りながら露台に出る。琬圭もそのあとにつづいた。が、露台に十四娘の姿はない。琬圭が周囲を見まわすいっぽうで、小寧は露台の端にしゃがみ込み、蓮池を覗き込んだ。水面から、ひょこ、と小さな白い顔が突き出す。鼈だった。

「姫様、先触れが参りました。姉姫様がたが、こちらへおいでになるそうでございます」

鼈がしゃべっている。

「お姉様たちが？　どうして？」

「もちろん、姫様のお輿入れのお祝いにでございますよ」

「ふうん」と言った小寧の顔は、すこしも喜んでいない。

「お姉さんがいるのかい」と訊くと、「従姉《いとこ》よ。お姉様と呼んでるの」とつまらなそうな答えが返ってきた。

小寧は十四娘に向かって、

「お姉様たち皆おそろいでやってくるの？　いやねえ、嵐になるじゃないの」

とぼやく。

「嵐？」

小寧は琬圭をふり仰いだ。

「龍女がやってくるときは、雨と決まってるわ。それが四人もそろって来るのだもの、嵐になるわよ」

「それはたいへんだ。備えないと」

従姉たちが来るのは夜だというので、琬圭はそれまでに使用人たちに準備にあたらせた。屋根や壁を点検して、雨漏りしそうなところがあれば急いで修繕する。昨夜から奇妙な天候なので、客たちも不審がることなく、むしろ安心しているようだ。

最も大事なのは倉庫内に預かった客商の商品である。倉庫のなかにはさらに土蔵があって、ひときわ貴重な品はそちらに保管してある。火災を避けるためだ。倉庫と土蔵は琬圭も手代とともに念入りに点検にあたった。

「旦那様、なにか声がしませんか」

手代がそんなことを言い出したのは、その点検の折である。

「声？」

琬圭は耳を澄ました。外は曇《くも》りで、倉庫のなかは薄暗い。周囲には茶や薬材などの櫃《ひつ》が積まれており、奥に土蔵があった。土蔵には金銀珠玉、絹などが収められている。

──なるほど、たしかに声がする。

ああー……という、しわがれた、年老いた男の、緩慢にあくびをするような声だった。壁際から聞こえる。茶箱を積んだうしろあたりだ。手代が足音を忍ばせ、そちらに向かう。客商の下男か、あるいは盗人《ぬすびと》か。しかし、声のするあたりを見回った手代は、首をかしげつつ戻ってきた。

「誰もいません」

彼の顔は青ざめている。なぜなら、そう報告するあいだも何者かの声は聞こえているからだ。

今度は琬圭が声のほうへと近づいた。「だ、旦那様──」と手代がとめるが、かまわず琬圭はひょいと茶箱のうしろを覗き込む。

茶箱と壁の隙間に、老爺《ろうや》が立っていた。薄い白髪を結った頭に幞頭《ぼくとう》を被っている。体つきは細く、しなびているが、身なりは悪くない。暗くて見えにくいが、連珠文《れんじゅもん》の絹地の袍を着ているようだ。下男などではなく、人を使う側の人間だろう。

ああー……と、老爺のぽっかり開いた口から声が洩れていた。声を発している、というより、洩れているといったほうがいい。琬圭のところからは横顔しか見えないが、目も口とおなじでぽっかりと開いており、瞳はぼうとして虚《うつ》ろだった。

老爺はぴくりとも動かない。声が洩れるたび唇が震えるわけでも、胸が動くわけでもない。明らかにそれは、人の姿はしているが、人ではなかった。あの厲鬼に近しいものを、琬圭は感じとった。

す、と琬圭は静かに身を引き、もとのところへと戻った。手代は、「誰もおりませんでしたでしょう?」と言う。

「ああ、うん、そうだな」と琬圭は答えて、うしろをふり返らなかった。ふり返ると、そこにあの老爺が立っている気がして。

――ああ、弱ったな。

李道士の力で、こういったものが見えるようになってしまったのだろうか。黒い化け物を見るのもいやだが、ああいうものを見るのもいやだ。

——放っておけば、いなくなるのだろうか。

客商の荷にくっついてきたのか。見ないふり、聞こえぬふりをしていれば、客商の荷がはけるとともに去ってゆくのだろうか。

倉庫を出た琬圭は、離れのほうへと向かう。空は鈍《にび》色の雲に覆われ、湿った風が吹いている。遠雷の音さえ聞こえてきた。ほんとうに、嵐が来そうだ。

日暮れ時になると、雲の割れ目から炎のように夕陽の明かりが漏れ、異様な輝きを見せていた。分厚い雲の隙間を金色に、あるいは緑に、朱に染め、かと思えば菫《すみれ》色に変わり、しだいに藍色へと移っていった。陽が沈むのとときをおなじくして、大粒の雨が屋根瓦《やねがわら》を、地面を濡らしはじめた。家のある坊に帰りそこねた人々が、あわてて坊門脇にある餅肆《もちや》や酒肆《さかや》に駆け込む。あっというまに滝のような雨になり、横風が吹き、視界が塞がれる。その上空をゆらゆらと優雅に、すべるようにやってきた一団を、人々は知らない。一団は楽を奏で、長い幢《はた》を翻し、花弁を撒きながら、張家楼の蓮池へとやってきた。

蓮池に至ると楽人や幢持ち、花弁を撒く侍女の姿は消え失せ、四人の美女だけが残った。雨風がやみ、美女たちはゆったりと裙を揺らして露台に近づいてくる。琬圭は露台に面した扉を開け放ち、彼女たちを迎え入れた。部屋には酒と料理を用意してある。小寧はむっつりと押し黙り、琬圭のように出迎えの礼をとるでもなく、つまらなそうな顔で部屋の隅に佇んでいた。

小寧の従姉たちは、いずれも色とりどりの美しい衣を身にまとい、華やいだ化粧を施し、高く結い上げた髻《もとどり》には金銀珠玉を飾っていた。小寧の婚礼衣装よりも豪奢にさえ見える。

「いい蓮池ねえ」

いちばん年上らしい従姉が、結婚の祝辞を述べたあと、蓮池をふり返った。ほかの三人も笑顔でうなずいている。どうも洞庭湖の者たちにとって、あの蓮池は魅力的に映るようだ。

「ありがとうございます」

琬圭がにこやかに礼を言うと、従姉たちは値踏みするようにじろじろと琬圭の顔を眺め、何事かささやきあっている。「いいにおい……」という言葉が洩れ聞こえる。衣に香を薫きしめてなどいないが、料理のにおいを言っているのだろうか、と琬圭はけげんに思う。

「どうぞ、こちらへ」と席をすすめると、彼女たちは室内を見まわしながら腰をおろした。

「この楼閣も素敵じゃない？」

「ちょっと小さいわね」

「あら、小寧にはちょうどいいでしょう。侍女もひとりなのだし」

従姉たちは口々におしゃべりしつつ料理に手を伸ばす。こんがりと焼いた味噌《みそ》漬けの干し豚肉に、筍《たけのこ》の酒蒸し、刻んだ漬物と辛いたれで煮込んだ白身魚に香草で香りづけしたもの、かりっと揚げてからじっくり煮込んだ鴨肉《かもにく》、細かく切った豚肉と米を炒《いた》めたもの……卓いっぱいに並べた料理が、つぎつぎに彼女たちの口のなかに消えてゆく。

向かいに腰をおろした琬圭は、その旺盛《おうせい》な食べっぷりに内心舌を巻いていた。龍女は皆こうなのだろうか。琬圭はちらりと小寧に目を向ける。彼女は神廟《しんびょう》の塑像《そぞう》のように突っ立ったまま、こちらに近づこうともしない。いやそうな表情を隠さず、そっぽを向いている。

琬圭は従姉たちに視線を戻す。彼女たちは彼女たちで、小寧に声をかけることもなく、ただ自分たちがしゃべって食べているだけである。なんのためにやってきたのかわからない。どう見ても仲がいいようには見えないが、これも人間の感覚であって、彼女たちの尺度では違うのだろうか。測りかねていると、従姉のひとりが「そうだわ！」と手を打った。

「忘れていたわ。お祝いを持ってきていたのよ」

彼女はかたわらに置いた酒壺《しゅこ》を手にする。黒にちらちらと星がまたたくような不思議な釉薬《ゆうやく》の、美しい酒壺だった。

「お酒はお好き？　ほほ、来る途中で用意したものよ」

来る途中で、とはどういう意味だろう、まさか酒肆などで買ったわけでもあるまいし……などと思いつつ、琬圭が受けとろうとすると、小寧が血相を変えて飛んできた。酒壺をとりあげ、従姉をにらみつける。

「またお姉様たち、お酒を作ったのね。お祖父様に怒られるわよ」

「ほほほ、おまえが言わなければ、ばれやしないわ。いいじゃないの、人間のひとりやふたり、とってしまったって」

「おいしくないのよ、これ。臭くってしかたないわ。人の飲むものでもないし」

「あら、だってこちらの婿殿は体が弱いのでしょう？　生き血を飲めば元気になるわよ」

彼女たちの会話を聞くうち、琬圭は酒の中身を理解し、気分が悪くなってきた。

――人の生き血で作った酒とは……。

龍女はそんなものを好んで飲むのか。小寧も？

従姉のひとりが琬圭を見て、目を細めている。肉の脂《あぶら》で光る唇を舐め、「婿殿は、おいしそうなにおいをしているのよねえ」とつぶやいた。琬圭の総身が冷える。その顔を見て、従姉たちはけらけらと笑った。

「いやねえ、さすがに従妹の婿をとって食いはしないわよ。おほほ」

「でも、ほんとうにいいにおい。すこしでいいから、血を舐めさせてくれない？」

「二十里先からでもにおいがわかりそう。人間の婿もいいものねえ。わたしもさがしてもらおうかしら」

悪夢を見ている心地がした。からかわれているだけなのか、本気なのかわからない。しかし半分人間である小寧の結婚祝いが人間の血酒とは、さすがに悪趣味が過ぎよう。

「お姉様たち、もう帰ってちょうだい。これは持って帰って」

小寧は酒壺を従姉に押しつけ、その体をぐいぐいと外に押し出す。

「痛いったら、この馬鹿《ばか》力！　龍になれもしない半端者のくせに、生意気ね」

「かわいげのない子なんだから」

「出戻ってきたって、おまえの居場所なんてないんだからね」

文句を言い言い、従姉たちは露台に出る。

「帰り道で酒をもうひと壺、作ろうかしら」

ほほほ……という笑い合う声の響くなか、従姉たちの姿がゆらりと溶ける。衣の色そのままの、色とりどりの煙と化したかと思うと、突風が吹いた。琬圭は思わず目を閉じる。

目を開けたときには、従姉たちの姿も、煙もなかった。ほほ……という声が遠く、上空から聞こえる。見あげれば、夜空に輝く幾筋かの絹布《けんぷ》のようなものが見えた。蛇のようにうねる、輝く長い体、それが遠ざかってゆく。

――あれが、龍か。

琬圭はふり返る。小寧は従姉たちの姿を見あげもせず、不機嫌そうに顔を背けていた。従姉たちのふるまいから、洞庭湖での小寧の扱われようもわかるというものである。

小寧はものも言わぬまま、階段を駆けあがっていった。

小寧は三階まで一気に駆けあがると、飛び込むようにして寝台に寝転んだ。雨風が収まり、格子窓から月明かりが射し込んでいる。小寧はその薄明かりを唇を引き結んで見つめた。

龍宮にいたころも、こうしてひとり、月明かりを見ていた。月光の射し込む回廊で、従姉たちの楽しげな笑い声、宴の音色、そんなものを聞きながら、ひとり。

小寧が龍に変化《へんげ》できないのは、父の李俊《りしゅん》が小寧の生まれたとき、その龍尾を切ってしまったからだ。断尾龍は不完全な龍である。おまけに小寧は半分人間の血を引いているから、不完全な上にも不完全なのだ。そのくせ、母から受け継いだ力は濃い。母の命と引き換えに生まれてきたからなのか。母は洞庭湖の龍王と湘水の女神とのあいだに生まれた娘で、小寧はその力をきっちりと引き継いでいる。すなわち、風雨を起こし、雷を操る力である。これでは人間界で暮らせない。だが、洞庭湖の龍宮で暮らすにも、小寧は半端者だった。

――龍にはなれない、人間にもなれない……。

では、己はなにになればいいのか。いや、なにになれるというのか。小寧はもうずっと、その答えを求めている。得られるわけがないのを、わかっている。だから苛立《いらだ》つ。小寧は何者にもなれない。

――だから、追い出された。

瞼が熱くなり、涙がにじんできそうになって、小寧はぎゅっと唇を噛みしめて堪《た》えた。ずず、と洟《はな》をすすりあげる。

階段をあがってくる足音が聞こえて、小寧は扉に背を向けた。

「小寧、入るよ」

扉を開ける音がする。同時に香ばしい、いいにおいがした。

「お腹が空いているだろう。あちらの部屋にご飯を置いておくから、食べるといいよ」

琬圭は階段をのぼってくるだけで息があがったらしく、しゃべる合間にふうふう息を吐いている。なんという脆弱な生き物だろう。人間のなかでも、彼はとりわけ弱い。どうして父と祖父は己の婿に琬圭を選んだのか、小寧にはいまだに理解ができない。だからといって、ここを出て行くわけにもいかない。従姉たちは皆、一度嫁したものの相手が気に入らぬだのなんだので出戻り、独り身をおおいに楽しんでいる。だが、従姉たちが言っていたとおり、小寧は出戻ったところで居場所などないのだ。

扉が閉まり、階段をおりてゆく足音がする。小寧は起きあがり、隣の部屋に入った。卓の上に鴨の炙《あぶ》り肉や筍と鶏肉の甘辛煮、冬葵の羹に漬物、蒸した米飯に干した魚をほぐして混ぜたものなどが並んでいる。ほのかに残る甘いにおいは、琬圭のにおい——琬圭の体を巡る血のにおいだ。彼の血はいいにおいがする。従姉の言うとおり、それは事実だった。小寧は血の酒は飲まないが、彼の血がいいにおいだとはわかる。小寧のなかの龍の血がそう告げる。皮膚《ひふ》がさわさわと粟立《あわだ》ち、むずがゆい心地にさせるにおい。なぜ彼はこんなにおいがするのか。幽鬼たちは、このにおいに引き寄せられるのであろうか。

小寧は箸《はし》をとると、炙り肉を口に入れた。香ばしさと脂の甘みが舌の上で溶け合う。ここで出される食事はいずれも美味であった。小寧が身近に接したことのある人間は父だけで、小寧は人間がどんな考えをし、行動をとるものなのかよくわかっていない。だが、琬圭が細やかな気配りと親切さでもって小寧に接してくれているのは、なんとなく感じとっていた。わからないのは、どうして琬圭がそんなふうに接してくれるか、であった。小寧を気遣うことで、彼に得があるのだろうか。小寧が、彼に害を為す幽鬼や妖魅を追い払うことを期待して？

——それならそれで、かまわないけれど……。

どうせ、己にはほかに行く場所などないのだから。

小寧には、琬圭が心細い、哀れな小さな子供にただただやさしくする気持ちで接している、そういった心が理解できないのだった。

――泣いていたな。

かわいそうに、と思いながら琬圭は階段をおりる。龍に変化できないという小寧の目の前で、従姉たちは龍に変じて去っていったのだ。琬圭には、小寧は寄る辺ない子供に見える。

明日もなにかおいしいものを用意しよう、と食材に考えを巡らせていた琬圭は、ふと、露台のほうから物音がすることに気づいた。

「おおい……誰か……助けてくれんかのう……」

か細い声がする。あわてて露台に出ると、声は頭上から聞こえた。見あげると、軒先で鳥がもがいている。吊り灯籠に翼がひっかかっているらしい。灯籠の火は、従姉たちとともに嵐が来るというので消してあった。暗くてよく見えず、近づいて目を凝らした琬圭は、ぎょっとする。

「おお……そこな御仁……うらむ、龍女の風に飛ばされて、羽が鎖に絡まってしもうてのう、外してくれんか」

吊り灯籠の鎖に絡まり翼をばたつかせているのは、鵜《う》のような鳥だった。ような、というのは、その腹に男の顔があったからである。そうとしか形容できない。人間の男の顔が、鵜の腹に収まっている。その顔が琬圭を見おろし、しゃべるのだ。目がぎょろぎょろと動き、黒い口髭《くちひげ》が上下する。細面《ほそおもて》の男だった。

「ううむ、ううむ、翼が痛《いと》うてたまらん。のう、哀れと思うて、助けてくれ」

男はそうくり返す。琬圭は逃げ出しかけていたが、その男の顔と声がほんとうに痛そうで、かわいそうになってきた。

――嚙んだりしないかな。

と思いつつ、琬圭は苦労して長椅子を露台まで引きずってきて、吊り灯籠の下に据えた。その上に乗って、恐る恐る鳥に手を伸ばす。男の顔に正面から手を伸ばすのが怖いので、吊り灯籠をくるりと回して、うしろから鳥の体をつかみ、絡まった鎖を慎重に外した。

「とれましたよ」

鳥はばたばたと翼を動かして暴れたので、琬圭は「わっ」と小さく声をあげて手を放す。鳥は翼をばたつかせて、屋根にとまった。

――嚙まれなくてよかった。

ほっと胸を撫でおろす。

「助かった、助かった。ありがとうよ。龍女どもは飛ぶたび嵐を起こしてかなわん。あちこちで儂《わし》のようなものが吹き飛ばされて困っておるわ」

屋根瓦にとまった鳥が――いや、男の顔が、にこにこ笑って琬圭を見おろしている。

「お礼にひとつ教えてやろう。おまえさん、虎《とら》に食われる相が出ておるぞ」

え？　と琬圭は男の顔を見あげた。

「気をつけることだ。虎精《こせい》は人に化ける。騙《だま》されぬようにな」

ケタケタ……と板を打ち鳴らすような音とともに、鳥は羽ばたいて去っていった。どうやら笑い声だったらしい。

鳥の行方を目で追いながら、琬圭は、ふうと息をついた。厲鬼に祟られたつぎは、虎精ときた。いったいどういうことやら。そもそもあの鳥はなんなのだ。いつ何時、ああしたものに出くわすかわからない。そういえば、倉庫にも老爺の幽鬼がいたのだった。

嵐と龍女たちの去った夜空を見あげて、琬圭はあくびをする。めまぐるしい一日が終わった。このさき、こうした日々が当たり前になるのだろうか。恐ろしさとともに、奇妙な昂揚《こうよう》感があった。恐ろしいのに、面白い。そうした気分だった。

琬圭は翌朝、ふたたび倉庫に向かった。雨風で壊れたところはないか確認したかったのと、かの老爺の幽鬼が気にかかったからである。

「どこへ行くの？」

蓮池のそばでふいに背後から声をかけられ、琬圭は驚いてふり向く。まるで気配を感じなかった。立っていたのは小寧である。

「またお腹が空いたのかい？　桜桃でも――」

そう言うと、小寧は不機嫌そうに、

「あなたって、口を開けばそればかりね。あのねえ、わたしだって、そういつもいつもお腹を空かせているわけじゃないのよ。あれは鬱陶《うっとう》しい虫のせいだもの」

琬圭は首のうしろを掻《か》いた。たしかに、小寧の腹具合を案じてばかりである。年頃の乙女からすれば――はたして龍女にそういった感覚があるのかどうかはわからないが――気に障ることかもしれない。

「どこへ行くのか、って訊いたのよ。ねえ、あちらにはなにがあるの？」

小寧は興味を惹かれた様子で旅館のほうを眺めている。考えてみれば、小寧にはまだちゃんと張家楼の案内をしていなかった。

「あちらは旅人が泊まる宿だよ。ここは張家楼という旅館で――それは聞いてる？」

小寧はかぶりをふった。李道士はそういった説明をしていないようだ。その辺はやはり浮世離れした道士である。

「ええと……ここは成都の城内でも西の市のなかにあって、その北側に建ってる。うちみたいな大きな旅館は市壁に沿って建ってるから、市の北の端に位置しているってことだね。あとで地図を描いてあげよう。わかっていないと、困ることもあるだろうから。こういう旅館は『邸店《ていてん》』とか『店』とか呼ぶけど、うちは楼閣だから、『張家楼』という名前がついてる。張家の楼だね」

小寧は琬圭の説明におとなしく耳を傾けている。そうしていると、まったくかわいらしい少女に見えた。

「うちに泊まる客は、客商といって、あちこちを旅して商品を売買する商人がほとんどだ。書生や、ふつうの旅行客もいるけど、すくないね。客が泊まるのがあの建物」

と、琬圭は回廊の向こうに見える二階建ての大きな楼閣を指さす。楼閣は通りに面して建っており、入り口を入ってすぐが食事と酒を提供する食堂で、そちらは宿泊客に限らず誰でも入れた。今は朝食を食べる客で賑わっているだろう。

「それで、商人たちは当然、多くの商品を運んで旅をしている。その商品を預かる倉庫が、あれだね」

琬圭は敷地の東側に指を向けた。楼閣のうしろには別棟が東西にひとつずつ、そのあいだに中庭があり、中庭の奥の西側に離れと蓮池が、東側に倉庫がある。倉庫の裏手には厩《うまや》があった。中庭と離れ、倉庫はそれぞれ回廊で区切られており、琬圭が指さすさきには瓦屋根の軒先に灯籠を吊るした回廊と、門があった。その向こうが倉庫と厩である。

「ふうん……」

小寧は興味があるのかないのか、よくわからない表情で倉庫のほうを見た。簡素な庫《くら》より、壮麗な楼閣のほうが好きなのかもしれない。

「倉庫を見てみる？」

興味はないか、と思いつつも訊いてみる。

「なにがあるの？」

「茶とか絹とか……預かっている商品だから、箱を開けて中身を見ることはできないけど」

小寧は明らかにがっかりした顔をした。

「それじゃあ、つまらないわ」

「まあ、そうだろうね」

「変わったものはないの？　鳳凰《ほうおう》の尾羽とか、西王母《せいおうぼ》の髪飾りとか」

鳳凰は瑞鳥《ずいちょう》、西王母は女神、どちらも琬圭にとっては伝説上の代物だ。

ははは、と琬圭は笑った。

「もしそんなものがあれば、皇帝に献上しているよ。龍宮にはあったの？」

「あるのですって。お姉様たちが言っていたわ。わたしは見せてもらったことがないけれど」

従姉たちにからかわれただけだろう。だが、小寧は本気にしているらしい。いや、まさかほんとうにあるのか？　龍女がいて、龍宮もあるのだから。

「面白いものもないのに、なにをしに行くの？」

「ああ、うん……」

琬圭は言葉につまる。幽鬼を見に行くのだと言ったら、小寧はどう反応するだろう。

「ちょっと、気にかかることがあるものだから」

「気にかかることって？」

案外、小寧は質問が好きなようである。興味がないよりいいか、と思う。

説明するより見てもらったほうが早いので、琬圭は小寧を倉庫へと案内した。

倉庫へ入るなり、

「いやだ、幽鬼がいるじゃないの」

と、小寧は顔をしかめた。琬圭が耳をすますと、やはりあの老爺の声がする。小寧は迷うそぶりもなく、つかつかと茶箱のほうへとまっすぐ歩いていった。琬圭はあわててあとを追う。

「雷はいけないよ、小寧」

「どうして？」

さっさと幽鬼を消してしまうつもりだったらしい小寧に、琬圭は冷や汗をかく。

「もし火がまわりのものに燃え移ると、たいへんだからだよ」

「燃えるだけでしょう？」

こともなげに言う小寧に、琬圭は頭を抱える。

「燃えるのが、だめなんだよ。ええと——ここにあるのは預かり物で、大事な物だから」

小寧は不服そうな顔をしている。

「よくわからないわ。あなた、自分の命と他人の預かり物、どっちが大事なの？」

「いや、どっちがというか……」

どっちも大事なのだが。

「じゃあ、どうするのよ。幽鬼の首根っこをつかまえて、外に放りだせばいいの？　面倒だわ。どうせあなたのせいで、あとからあとから湧いて出てくるに決まってるのに」

「幽鬼って、湧いて出てくるのかい？」

小寧はちょっと顔をしかめた。

「湧いてはこないわよ。四方八方からあなたに引き寄せられてやってくるのよ」

「ああ、そう……。たいていは、君を恐れて逃げてゆくんだろう?」

「そうね」小寧は大きくうなずく。「だから、それで逃げないものは面倒なのよ」

「どうして逃げないんだろう」

「怖いもの知らずなんでしょ」

琬圭は口を閉じ、茶箱のほうに目を向けた。そこで気づく。老爺の声は、昨日とはすこし違っている。昨日はただ呻《うめ》き声のようなものが洩れているだけだったが、今日の声は――。

――泣いている?

ふう……ふうう……という苦しげな吐息のあいまに、洟をすするような音がする。洩れているのではない、ちゃんと発している。そういう声音だった。

琬圭は茶箱のほうへと歩み寄り、昨日のように覗き込む。

薄暗がりに目を凝らして、思わずのけぞった。昨日、横を向いていた老爺は、今、こちらを向いていた。

老いさらばえた顔に、ぽかんと開いた口。目の焦点は合っていない。唇も胸もやはり動かぬまま、声だけが聞こえる。だが、やはりそれは、泣き声だった。

「うう……ううぅ……」

表情はまるで感情がないのに、声音は異様に真に迫る、哀切な響きを持っていた。

琬圭は一歩あとずさり、息を整える。目を閉じて、泣き声を聞いてみた。かなしげで、苦しい。冬の木枯らしのような、さびしい泣き声だった。

目を開けて、琬圭は、ちらと小寧を見る。昨夜、この少女はたしかに泣いていた……ふと、それが脳裏に浮かんだ。

小寧がけげんそうな顔で琬圭を眺める。

「なに？」

「いや……幽鬼というのは……その、話はできるのかな？」

「知らないわ。話そうと思ったことなんてないもの」

考えてもみないことだったのか、小寧はいささか驚いた顔で言った。

「じゃあ、ちょっと、試してみようか」

自分でも、このときどうしてそんな思い切ったことをしようと思ったのか、うまく説明できない。ただ、そうしてみたいと思ったのだ。

「どうして……」

琬圭は小寧の問いかけに答えず、あとずさったぶん、足を前に踏みだした。茶箱と壁のあいだ、狭い暗がりに老爺は突っ立っている。琬圭は緊張に動悸《どうき》がしつつも、声をかけた。

「旦那さん……旦那さん」

出た声はかすれていた。

老爺の反応はない。琬圭は何度か、おなじように声をかけた。五、六回も呼びかけただろうか。ふいに、老爺の泣き声がやんだ。

「……旦那さん？」

すう……と、老爺の目の焦点が合うのがわかった。

──反応があった！

琬圭は、手応《てごた》えを感じると同時に、逃げ出したくなるのをこらえた。今、自分は幽鬼と向き合っているのだ。この前は、厲鬼に取り殺されそうになったというのに──。足が震える。だが、自分から声をかけたのだ。逃げ出すわけにはいかない。

老爺の落ちくぼんだ目が琬圭に向けられる。目に光はなく、顔は土気色をしている。

琬圭は、またあとずさりしそうになりつつも、

──これは、客商だな。

とあたりをつけた。

肌は陽に灼《や》けて乾燥し、皺《しわ》と染みがひどい。客商は国内あるいは国外を往来するので、肌は陽灼けしているし、老齢ともなればその年輪が皺と染みになって刻まれる。坐商《ざしょう》――城内に居を置いて商売する商人とは、おなじような裕福な身なりをしていても、肌が違う。琬圭の父などは、五十を過ぎてもふっくら、つるりとした顔である。

琬圭はごくりと唾《つば》を飲み込んだ。なけなしの勇を鼓《こ》し、声を発する。

「どこかの客商とお見受けしますが、なぜこんなところにおいでなのです？」

老爺は口を開き、ぱくぱくと動かした。

「……あ……、うう……」

呻き声が洩れる。なにかしゃべろうとしているが、言葉にならないらしい。しばらくすると、ようやく聞きとれる声になってきた。

「揚州……趙六《ちょうろく》……」

まともな言葉が出てくるに従って、その顔や目に人間らしい色が戻ってくる。

老爺は、すうっと前に出た。琬圭はあわててさがる。茶箱のうしろから出てきた老爺の姿に、琬圭はぎくりと体をこわばらせた。老爺の半身は血に染まっていた。だがそう見えたのは一瞬で、まばたきすると血は消えた。

「儂は揚州の幞頭《ぼくとう》問屋、趙六と申す者。綿《めん》州から成都へやってきたところ、虎に襲われて食われてしまった」

平板な声でひと息に言ったかと思うと、老爺は、ふううと深い息を吐いた。そのとたん、彼の体はいっそう人間らしさを取り戻したように見えた。目をしばたたき、唇は動いて、表情が生まれる。

ああ、と老爺は嘆息した。

「ひさしぶりに儂の姿が見える者に会えた。ああ、ありがたや……」

「揚州の、趙六さん――」

「ええ、ええ」

趙六とやらは、緩慢な動きながら、何度もうなずいた。

「儂は揚州の幞頭問屋、趙六と申す者」

さきほども言った名乗りをくり返す。そう言葉にするたび、彼は人間らしい風情を取り戻す。今や彼は幽鬼ではなく、すこし具合の悪いだけの、生身の人間に見えた。

――話が通じそうだ。

琬圭は小寧のほうをふり向く。彼女は口元を袖で覆い、眉をひそめて趙六を見ていた。そこにどんな感情があるのかは、わからない。

――ともかく、会話ができるようなら、やってみよう。

そう思い、琬圭は語りかける。

「成都で虎に襲われて、命を落とされたとおっしゃいましたね」

「ああ、ああ」

趙六はうなずく。

旅に虎の出没はつきもので、頻繁《ひんぱん》に虎の現れる場所では旅人は隊を組み、早朝、夜間の移動は避けるものである。成都では城内に虎が現れることもままあり、人々を恐れさせていた。琬圭は脳裏にちらと昨夜の怪鳥の言葉がよぎる。虎に食われる相が出ておるぞ――。

「と、虎に。城の外れの藪《やぶ》から――虎が」

虎が、と趙六は熱に浮かされたように呻き、苦悶《くもん》に顔を歪《ゆが》めた。

「ああ、うう」

趙六は唸り声をあげ、ぶるぶると震えだす。

「うう、虎、虎め、うぅ……」

ぐうう、とまるで獣《けもの》のような声をあげる。趙六の顔から表情が消えた。唇が硬直し、頬は弛緩《しかん》し、目はまばたきをやめる。瞳がぼうと虚ろになり、黒さを増す。

「ああ……うう……」

琬圭はあとずさった。最初に見たときのような、人の姿をしていながら人でない、そんな様子に戻っている。

「趙六さん——」

思わず呼びかけると、老爺ははっと目を見開き、焦点を琬圭に合わせた。ああ、と吐息を洩らし、ふたたび人間らしい表情になる。

人と幽鬼のあいだを行き来している——琬圭には、そう見えた。人は死んで幽鬼になると、こんなふうになるのだろうか。

趙六は、はらはらと涙をこぼした。

「儂は虎に襲われて、食われて、ああ、恐ろしかった。痛かった。腕を嚙みちぎられ、喉を食い破られ……虎は儂の骨までばりばりと食っておった。大きな、大きな虎でなあ……」

想像するだに恐ろしい。琬圭はふたたび、恐怖心より同情心が勝って、趙六に向き直る。

「お気の毒に」

趙六は涙に濡れた目を琬圭に向ける。

「ああ、あなたはやさしい御仁とお見受けする。そう思ってくれるならば、どうか、儂が死んだことを故郷の家族に伝えてはくださらぬか」

すがるような顔で、趙六は懇願してくる。

「儂も客商、旅に出たうえは、帰らねば死んだと思えと言うてはおるが、やはりしかと伝えたい」

「なるほど」

それはそうだろう、と思う。琬圭はうなずいた。

――言伝《ことづて》くらいであれば、たいした労ではない。

「それくらいはお安いご用です。揚州の蝶頭問屋なら、うちにも顧客がいますから、そのひとが泊まりに来たさいに頼んであげましょう」

蝶頭は髻を結った頭に被る男物の冠帽《かんぼう》である。揚州の蝶頭といえば名産品だ。しっかりした商業組合があるだろう。そこを通じて趙六の家族に伝えられるはずだ。

「ありがたや、ありがたや」

趙六は叩頭《こうとう》し、何度も伏し拝んだ。

――それが心残りで、冥府《めいふ》へと去ることができなかったということだろうか。

つまり、彼の頼みを聞いてやれば、小寧が雷を使わずとも、消え去ってくれるのだろうか。

「趙六さん、ご家族にはちゃんとお伝えしますから、ここを去ってくださいますか」

「ええ、ええ、それはもう。すぐにでも、城隍神《じょうこうしん》様のもとへと向かいます」

人は死ぬと、その魂《たましい》は城の守り神である城隍神のいる城隍廟《じょうこうびょう》へと赴《おもむ》くのだという。それから改めて冥府へと連れられてゆくのだそうだ。どうやらほんとうらしい。

「……ただ、もうひとつ、もうひとつだけ、どうかお願いを聞いてくだされ」

趙六は伏し拝んだまま、言った。

「なんです？」

「儂は城内の南の外れ、林のなかで虎に襲われ、木に登ってその牙から逃れようとしたものの、その拍子に大事な荷物を藪に落としてしもうた。できれば、それを家族のもとに届けてはもらえぬか……」

「荷物ですか。はたしてまだ残っているかどうか。襲われたのはいつのことです？」

「はて、何年と、もはやよう思い出せぬが……たしか、皇帝陛下が西川節度使《せいせんせつどし》をお討ちなされた年……」

「昨年のことじゃありませんか。ふむ、城内でも市から離れると不便で人家もありませんからね、虎もうろつくでしょうがかえって人は寄りつかない。まだあるやもしれませんね」

「荷物は藍染めの綿布に包んだ、銀の釵《かんざし》で……娘のために買ったもので……」

言いながら、趙六はおいおいと泣きはじめた。

「わかりました。行って、さがしてきますよ。きっと娘さんのもとへお届けしますから――」

城隍廟へと去ってくれないか、と言おうとしたところで、趙六はがばりと顔をあげた。

「ありがたや。では、そこへお連れしよう」

「えっ、いまからですか」

琬圭は面食らう。

「ええ、ええ、さあ、早く」

趙六は琬圭を急《せ》かした。戸惑っていると、

「おやめなさいよ」

と、冷えた声がした。小寧である。琬圭と趙六のやりとりを今まで黙って、かつ眉をひそめて眺めていた彼女だが、ようやく口を開いた。小寧は醒《さ》めた目をしていた。

「ろくなことにならないわ。雷で消してしまえばいいじゃない。一瞬で終わるのに」

趙六が怯《おび》えた顔をする。まあまあ、と琬圭はなだめた。

「これもなにかの縁だからね。穏やかに去ってくれるなら、それに越したことはないじゃないか」

雷を落とされて火事の心配をするより、ずっといい。

「それに――」

琬圭はにっこり笑った。

「面白そうだから」

小寧は啞然とした様子で目をみはる。あきれたのか見限ったのか、返ってくる言葉はなかった。


幽鬼がこれほど人と会話をし、意思疎通できるとは思ってもみなかったので、琬圭は大いに興味を覚えていた。もちろん、恐怖はある。しかし趙六が生身の人間と変わらぬ反応を返してくるので、怖さは薄らいでいる。おかしなものだ。

虎精は人に化ける、と昨夜の怪鳥は言っていた。琬圭もそれは聞いたことがある。趙六がもしや、と思ったが、それなら小寧が気づいているだろう。趙六は幽鬼だ。

とはいえ、執拗《しつよう》に自《みずか》らの死んだ場所へと誘うのには不審を覚える。あえて乗ってみたのは、やはり興味があったからである。いざとなれば——と、琬圭は腰帯に提げた嚢《ふくろ》に手をやる。ふだん琬圭はこれに薬を入れているが、それを今は小刀に替えていた。

趙六の案内で城の南外れに向かう。小寧はついてきていない。あのあと、小寧はあきれ顔で、『勝手にすれば』と言い捨て、離れのほうに去っていった。

琬圭は轎《かご》に乗り、趙六はさきを歩いている。その辺を歩く人間と変わらぬ後ろ姿で、しかし足は異様に速い。あまり動かしているように見えないのに、気づいたときにはもうずっとさきにいる。あとを追う琬圭は轎かきを急がせねばならなかった。

南外れの林に着いたときには、轎かきは汗だくになっており、揺れる轎のせいで琬圭もふらついていた。

轎かきを帰らせ、周囲を眺める。このあたりは坊壁もなく、人家も人通りもなく、ただ荒れるにまかせた鬱蒼《うっそう》とした木々が生い茂るばかりである。城内の人口はふくれあがっているが、市やその周辺ばかり賑わい、家が増え、城の外れはこのありさまだ。なんでもそろう市から離れると不便極まりないので、仕方ない。

さて、趙六は――とその姿をさがすと、林のなかに佇んでいる。

「こっち、ここに……」と、薮を指さし、琬圭を呼んでいる。

琬圭は林に足を踏み入れる。地面はじめじめとして苔《こけ》むし、黴《かび》のようなにおいがする。樹上からは蔦《つた》が垂れ、新緑が青空を塞いでいた。一歩踏み込んだ途端に、薄暗さに包まれる。

趙六が指し示す薮はいかにも蛇がわだかまっていそうで、無防備に素手を突っ込む気にはなれない。

「この薮の奥に……」と趙六は訴える。仕方ない、薮をかきわけて――と考えていると、背後で薮の揺れる音がした。

ふり返ると、青い袍を着た青年が立っていた。白い顔をして、目は細いが、黒い瞳は妙に大きい。口は大きく、弧《こ》を描いている。ひと目見て、琬圭の腕に鳥肌が立った。

――この男は、異様だ。

どこがどう、と形容できないが、ふつうの人間ではない。そう直感した。思わずあとずさっていた。

「すまんなあ……すまんなあ……」趙六の声が聞こえる。「こうせんと、儂は解放されんのでなあ……」

琬圭は趙六をふり返る。趙六の顔から表情が消え、瞳は焦点を失い、人の姿をしていながら人ではない、あの様子に変わっていた。

「ぐっ、ぐっ」と嘔吐《えず》くような音がして、琬圭は青年のほうに顔を戻す。

青年は、口を大きく開いていた。体を斜めにかしげ、首を左右にふっている。そのたび彼の喉の奥から「ぐっ、ぐっ」と音が洩れてくるのだ。顔がぐにゃりと歪む。鼻に皺が寄り、まなじりが吊り上がり、大きく開いていた口が、さらに開く。赤い口のなかに見えるのは、人間の歯ではなく、大きな牙だった。口が裂けて、牙が飛び出す。青年の体が震える。みしみしと骨の軋《きし》むような音がする。オオ、と咆哮《ほうこう》がこだました。

青年がぶるり、と体をふって四つん這《ば》いになる。人間の動きではない。爪が地面に食い込む。腕が、足がふくらみ、獣毛に覆われる。袍は裂けてちぎれて、彼が体をふれば散る。喉を反らし、吠《ほ》える。

そこにいたのは、一頭の大きな虎だった。


小寧は、琬圭が趙六の言うがまま城の南外れに行くというので、あきれてついていかなかった。ほんとうに、人間の考えることはよくわからない、と思う。

面白そうだから——とは、いったいどういうことなのか。

彼はああしたもの、幽鬼や妖魅のほんとうの怖さを知らないのだ。あれらは人間とも龍とも違う。無害にただあたりを漂うだけのものもいるが、なかには底意地の悪い、性根の腐ったものもいる。趙六がどちらなのかは知らないが、安易についてゆくのは馬鹿げている。

蓮池を眺めていると、一匹の鼈が水面に顔を出した。十四娘である。

「姫様、もうすぐお父上がいらっしゃいますよ」

「知らせるのが遅いわ」

小寧はふり返る。父がいた。

「どうなさったの、お父様」

父は豊かな顎鬚を撫でながら、

「うむ、銭塘君《せんとうくん》からと湘君《しょうくん》からの祝いの品を届けに来た」

と、背後に目をやる。ふたりの僕童《ぼくどう》がきらびやかな螺鈿細工の箱をふたつ、それぞれさげ持っていた。「夜光珠《やこうじゅ》と琥珀《こはく》の器と、青玉の圭《けい》だ」

「どうもありがとう。おふたりにお礼状を書かなくてはいけないわね」

「そうだな。人間の手蹟《しゅせき》をめずらしがるから、婿殿も一緒に……婿殿はどうした？」

父は目を薄く開いて離れを凝視している。琬圭がいないのがわかるのだ。

「城の南外れに行ったたわ。幽鬼につれられて」

「どういうことだ」

父の目が鋭くなる。小寧は父のそんな目を見たのがはじめてだったので、口ごもった。

「どういうって……幽鬼の話を聞いて、あの人が行くと言うんですもの。わたし、とめたのよ」

言い訳するように言った。

「そうか。幽鬼というのは、どういう者だい」

父は口調を和《やわ》らげる。

「たしか、揚州の趙六って……。虎に食われてしまったのですって。この城内で」

「小寧、すぐに追いかけなさい」

問髪を容《い》れず父は言った。

「どうして」

「いいかい、虎に食われた者の幽鬼は『倀《ちょう》』といって、生者を数名、己を食い殺した虎に献上せねばあの世に行けぬ者だ。その趙六とやらは、婿殿を生贄《いけにえ》にするつもりだろう」

えっ、と小寧は息を呑《の》んだ。

「早く行って、婿殿を助けなさい」

「で、でも……どうしてわたしが……わたしはとめたのに、あの人が好きで行ったのよ」

「婿殿が死んでしまったら、そんな文句も言えないのはわかっているか？」

小寧は口を閉じた。琬圭の姿が脳裏にちらつく。

――死なれたら、寝覚めが悪いわ。

肩にかけた披帛をひらりと翻す。風が起こり、蓮池の水面にさざなみを立て、蓮の葉を震わせた。水面からゆっくりと、霧が立ちのぼりはじめた。霧は七色の彩光を宿し、螺鈿のように輝きながら、小寧のもとへと集まってくる。小寧は錦の鞋《くつ》を履《は》いた足を一歩、踏みだした。ひらりと軽やかに彩雲に乗る。彩雲はたちまち上空へとあがっていった。

「まったくもう、世話が焼けるったら……」

ぶつくさ言いながら、小寧は南を目指した。

琬圭は腰を抜かしていた。一足で飛びかかれるところに虎がいる。虎とはこれほど大きな獣なのか。その体は横たわる巨木のよう、脚《あし》は太くたくましく、鋭い爪が地面に食い込んでいる。琬圭の頭などひと飲みしてしまえそうな大きな口からは唾液《だえき》を垂らした牙が覗き、生臭いにおいが漂ってくる。人間に化けられるところからして、これはただの虎ではなく、虎精という化け物なのだろう。虎はすぐに飛びかかってこようとはせず、舌なめずりして、琬圭にじっと目を据えている。

――楽しんでいるのだ。

怯える人間を見て、笑っている。いたぶって食ってやろうという目をしている。人間は、硬い皮膚も鋭い牙や爪もない、身を守るすべをなんら持たない、柔らかい肉を持った格好の餌《えさ》である。虎が唾を垂らしながら、どこから食いちぎり、貪《むさぼ》ろうか思案しているのがわかる。琬圭はたいして肉がついていない。食うところは腹くらいしかないだろう。虎の目は品定めしている。まず腹から食うか、それとも頭からばりばり食ってしまうか、喉笛に食らいつき、血をすすってからにするか……。

琬圭は冷や汗がとめどなく流れ、逃げようにも足に力が入らず立ちあがれなかった。そもそも人間が虎から逃げられようはずもない。震える手で帯に提げた嚢のなかをまさぐり、小刀を握りしめた。

虎が身を低くする。どう食おうか決めたのだ。

琬圭は意を決して小刀を鞘《さや》から抜く。これで虎に立ち向かおうというのではない。小刀は紐《ひも》を切ることができる程度のものであって、武器ではないのだ。人相手の脅し道具ならまだしも、虎相手では歯が立たない。琬圭は小刀の刃を手の甲にあて、思い切って横に引いた。刃が皮膚を切り裂き、血があふれでる。痛みよりも熱さを感じた。だが、恐怖がそれらを上回る。

——早く……早く来てくれ。

虎が地面を蹴った。琬圭は思わず目を閉じて、身を固くする。

「ほんとうにもう、世話の焼ける人ね」

玲瓏な声が響いて、琬圭ははっと目を開いた。視界に白光が散る。次いで、どおん、と地響きが轟《とどろ》いた。

髪を焼いたような、生臭さと焦げ臭さが混じったようなにおいがたちこめる。琬圭は袖で鼻を覆い、咳《せ》き込んだ。

「しようのない人……」

あきれたような声がして、琬圭の背中に手が添えられる。あたたかいのにひんやりとした、不思議な心地がした。その手が何度か背中を撫でると、琬圭の胸は清涼な風で満ち、冷や汗も引いてゆく。顔をあげると、小寧がいた。不機嫌そうに琬圭を眺めている。

「だから言ったじゃない。ろくなことにならないわよって。おまけに腰を抜かしてるだなんて、情けないったら」

「小寧……来てくれたのか」

琬圭は小寧の背後に目をやる。虎の姿は消えていた。

——どこへ？

「あの虎なら、雷で消し飛ばしたわよ」

こともなげに小寧は言った。琬圭は感嘆とも呻きともつかぬ声を洩らす。気づけば手の痛みも消えている。これも小寧の力なのか。

「あれは放っておいても消えるでしょうけど」

と、小寧は視線を左のほうに向けた。そこに趙六が突っ立っている。琬圭を騙して虎の餌食《えじき》にしようとしたのだ、逃げ出すかと思いきや、趙六はその場に膝をついてこちらを拝んだ。

「あ……ありがたい、ありがたい。あの虎のやつめが儂を捕らえておるものだから、命じられるまま仕方なく、仕方なく儂は……ああ、許しておくれ」

趙六はさめざめと泣いている。小寧は彼を横目ににらみ、ふんと鼻を鳴らした。琬圭は息をつき、よろめきつつ立ちあがる。ようやく足の震えが収まった。

「どうか、どうか揚州の家族に儂のことを……伝えて……」

言葉は途中でかすれ、趙六の姿は氷が溶けるように薄れ、消えていった。

当初の話どおり、城隍廟へと向かったのだろうか。からん、という音が藪のなかから響く。なんだろう、と琬圭は藪を覗き込んだ。奥に白いものが見えた。

藪をかきわけると、そこにあったのは砕けた髑髏《どくろ》である。そのかたわらに布包みがあった。琬圭は手を伸ばし、布包みを引っ張り出す。雨風にさらされ薄汚れた布包みを開くと、銀細工の釵がある。趙六の言っていたものだろう。琬圭は釵を布で包み直し、懐に入れた。

「それをどうするの?」

小寧が不思議そうに問う。

「趙六の家族に届けてあげるんだよ」

「どうして?」小寧は目を丸くした。「あなた今、あの幽鬼のせいで虎に食われるところだったじゃない」

「でも、食われてないからね」

「それはわたしのおかげでしょ」

「うん、ありがとう。来てくれると思ったよ」

「どうして？」

君は私に死なれたら行く場所がなくて困るだろうし――という言葉を呑み込んで、

「うん、まあ……あの幽鬼が悪さしそうだって、君はわかっていたわけだろ。だから、助けに来てくれるかなと思ったんだよ。君にはあの不思議な雲があるし、私の居場所は血のにおいでわかるだろうと」

小寧の従姉が言っていた、二十里先でもわかりそう、と。

「それで、血を流したの？」

血の痕《あと》の残る手を見やり、小寧はあきれたように言う。

「血のにおいが強くなるかと思って」

「強すぎて、よけいにわからなくなりそうだったわ」

小寧は眉根をよせて琬圭の手を眺めると、袖で鼻を覆った。いいにおいだと従姉は言っていたが、小寧にはいやなにおいなのだろうか。

「あなたは虎の餌食にされるとわかっていてついていったの？」

「いや、そこまでは思わなかったよ。でも、手慣れてる感じだったからね。何度かおなじようにやったんだろう。私のように彼の姿が見える者と会うのはひさしぶりだとも言っていたし……」

「そう思っていながら、のこのこついていったの？　どうせわたしが助けに来ると思って？」

小寧は琬圭をねめつけている。

『どうせ』とは思っていないよ。『きっと』助けに来てくれるだろうなと」

「……」小寧は黙っているが、怒っているというよりは、当惑しているようだった。

「わからないわ」

小寧はすこし首をかしげ、心底不思議そうな瞳で琬圭を見ている。

「あなたはあの幽鬼がなにか悪さをするだろうと思っていながら、面白そうだからとついていって、虎に襲われそうになったら腰を抜かして、わたしが助けに来るだろうと思っていて……」

今度は反対側に首をかしげる。

「それに、あの幽鬼に騙されたのに、頼み事を聞いてやるのね。恩義があるわけじゃないでしょう。逆に殺されかけたし、あの幽鬼は最後まで自分のことしか言ってなかったじゃない。あなたのやることなすこと、なにからなにまで、わけがわからないわ。人間って、皆そんなものなの？」

琬圭は首を掻いた。

「皆そんなものかどうかは知らないけど……きっちり説明するのは難しいな。ただ、趙六は死んでしまって、私は生きているからね。死んだ者の頼みくらい、聞いてやろうかと思うだけだよ」

琬圭は物心ついたときから死と隣り合わせで、それに怯えて生きてきたから、横死《おうし》した者の無念さを思うと、胸がひりひりとして、痛いのだ。琬圭は、己が幽鬼になったら、きっと生者に嫉妬《しっと》するだろうと思う。生きているあいだも、丈夫な者を心の内ではうらやみ、妬《ねた》んできたのだから。

趙六は、生きている者が憎かったのだろう。

「わからないわ」

小寧はくり返した。その瞳は澄んでいる。彼女には琬圭の内心も、趙六の内心も、まるきり想像がつかず、説明したとしてもわからないだろう。

琬圭には、小寧の澄み切った龍女の瞳が、とびきり美しく見えた。

第二章

銀蘭金梅

琬圭《えんけい》の父が張家楼《ちょうかろう》へとやってきたのは、趙六《ちょうろく》の一件の翌日であった。

用件は決まっている。小寧《しょうねい》が早くも嫁《とつ》いできたことである。

琬圭は父に知らせるつもりでうっかり失念しており、小間使いが父の訪《おとな》いを告げて「あっ」とあわてたのだった。

「浣花渓《かんかけい》でのんびりしていたから、帰ったのは今朝なんだよ。そうしたらおまえ、花嫁がもう嫁いできているなんて話を聞いたから――」

琬圭は忘れていたが、番頭がぬかりなく知らせを出したらしい。

「ええ、まあ。なんというか、そういうことに」

なんの返答にもなっていない言葉を返して、琬圭は曖昧《あいまい》に笑った。

天気がいいので露台に長椅子《いす》を出し、陽《ひ》にあたっていた琬圭は、端にずれて父に座るようすすめる。父は腰をおろしつつ、「李《り》道士はどうなさった?」と訊《き》いた。

「昨日、親族からの祝いを持ってきてくださいましたよ。見ますか?」

琬圭は櫃《ひつ》にしまった器《うつわ》と玉圭《ぎょくけい》を持ってくる。白々と輝く珠玉と琥珀《こはく》を嵌《は》め込んだ器に、澄んだ青色が美しい玉圭。それらを見た父は唸《うな》った。どれほど珍重で値の張るものか、ひと目でわかったのだ。

「こんなものを用意できるとは……いったい、どういう素性なのだろう」

感嘆まじりにつぶやいた父に、琬圭は苦笑する。

「素性を問わなかったのは、父さんですよ。李道士を信用なさったから、結婚を承諾したんでしょう?」

「ううむ、そうだなあ、いやしかし……」

もごもごと言い、父は天を仰ぐ。縁談を受け入れたことを後悔しているのだろうか。複雑そうな色が顔に浮かんでいた。

「まあ、相手は道士だ。ふつうとは違うこともあろう。うむ」

割り切るように言って、父はにこやかな笑顔を琬圭に向けた。

「よし、わかった。では、花嫁を紹介しておくれ。ここにいるのだろう?」

過ぎたことをぐちぐち言わず切り替えるのは父のよいところである。しかし、紹介せよと言われて琬圭は焦った。父に会わせて、小寧はまずいことを口走らないだろうか……。

むろん、小寧が龍女であるとか、龍宮から来たとか、そんなことは父に打ち明けられようはずもない。打ち明けたところで信じないだろう。

「小寧は、今ちょっと――」

言いかけたとき、

「呼んだかしら？」

と、頭上から声がした。見あげれば、小寧が三階の窓から身を乗りだしていた。白い披帛《ひ》《はく》が翻《ひるがえ》り、陽光を受けて虹色に輝いている。今日は髪を百合髻《ゆりけい》に結い、金細工で花を象《かたど》った釵《かんざし》を挿していた。かわいらしく、初々《ういうい》しさの残る美貌《びぼう》によく似合っている。

「危ないから、なかへ入って」

宙に半身を乗りだした小寧に琬圭は肝《きも》を冷やす。が、彼女はふつうの人とは違うので、転落しても怪我《けが》をするということはないのだろうか。小寧は鼻白《はなじろ》んだ顔をすると、ひょいと身を引っ込めた。と思った瞬間、小寧は勢いよく窓から飛び降りた。

「ひゃあ」

と悲鳴をあげたのは、父である。琬圭は声もなく棒立ちになる。顔面蒼白《そうはく》のふたりを尻目に、小寧は宙でひらりと一回転して、軽やかに露台に降り立った。錦《にしき》の鞋《くつ》は、とん、とないに等しい音を立てただけだった。ふわりと裙《くん》の裾《すそ》が花弁のように広がり、落ちる。あまりに美しい身のこなしに、琬圭はつかの間、目を奪われていた。

――まさに天女、いや女神か。

人外の美しさである。

父はぽかんと口を開いて、目を丸くしていた。われに返った琬圭は、父の顔の前で手をふる。

「父さん、父さん。彼女が小寧ですよ」

こうなってはしかたない。軽業《かるわざ》に長《た》けた娘だとでも言っておかねば。

父は目をしばたたき、汗をかいているわけでもないのに額《ひたい》を手のひらでぬぐった。

「いやはや、これは……どうも……」

さしもの父も動転しているようで、まともに言葉が出てこない。琬圭は小寧に向かい、「父だよ」と言った。

小寧は琬圭の父の顔をじっと見て、

「あなたのお父様……ほんとうの？」

「いや、育ててくれた父だ」

ふたりのやりとりに、父は驚いた様子で琬圭を見た。

「事情を話したのかい」

「うん、まあ」

「そうか……」

父は琬圭と小寧を見比べると、立ちあがり、小寧のほうへと歩み寄った。

「やあ、はじめまして。嫁いできてくれてありがとう。歓迎するよ」

己の順応の早さは、この父譲りであると琬圭は思う。やはり育ててくれた人に似るのだろう。

にこにこと笑いかける父に、小寧はどうしたらいいかわからないような顔をして、視線をさまよわせている。憎まれ口をたたくこともなく、もじもじとしていた。琬圭がはじめて見る反応だった。あまりに率直に受け入れられたので、困惑しているのだろうか。

「君が嫁いできたのが成都《せいと》でよかった。上都《じょうと》だったなら、あまりの美しさに人妻であろうと後宮に召し上げられていたやもしれぬ、ははは。ところでさきほどから気になっていたのだがね、この衣、これは絹なのかな。うぅむ、なんともめずらしい……」

父は披帛を手にとり、しげしげと眺め、手触りをたしかめる。衫《さん》や裙にも顔を近づけ、じいっと凝視した。絹問屋の父がなにを考えているのか、琬圭にはわかる。あまりによい品なので、織り手がわかったらどんな値をつけてでも仕入れようと算段しているのだ。

「絹ではないわ。これは、龍の吐く霞《かすみ》を——」

小寧が口に出しかけたのを、

「父さん！　いくらなんでも息子の嫁の衣装をそんなふうにべたべた触るのはどうかな」

琬圭は言葉をかぶせた。油断すると小寧はなにを言い出すかわからない。

「うん？　ああ、それもそうだなあ、すまんすまん」

父は披帛から手を離す。「いやいや、あまりに見事な衣なので、夢中になってしまった」

衣装を褒められて、小寧はまんざらでもない顔をしている。こういうところは素直な娘である。

「白衣でも、これほどであればいいものだ。うむ、実にいい」

しきりにうなずいている。庶民の着るものは白衣と定められていたが、白では味気ないので、守る者はすくない。地方になるほどそれは顕著《けんちょ》であった。豪商であればなおさら、色彩豊かな衣に身を包んでいる。人々が従わぬので、禁令が出されるほどである。

だが、小寧の白衣はどんな色のある豪奢《ごうしゃ》な衣にも勝る美しさだ。父が感嘆するのも無理はない。

「どうだろう、この衣の織り手を紹介――」

父はやはりそんなことを言い出したので、琬圭は遮《さえぎ》ろうとしたが、その前に手代の声が響いた。

「旦那《だんな》様――あ、若旦那様のほうです、お客様がおいでです」

これ幸いと琬圭はそちらに顔を向ける。「どちら様だい?」

「潭《たん》州の茶商の王《おう》様です。こたびはひと月ほどご逗留《とうりゅう》になると」

「ああ、王さんか。わかった、すぐ行くよ」

常連の得意客である。

「じゃあ、すまないけど、父さん、そういうことだから」

琬圭は父に帰るよううながす。父は名残惜しげに小寧の衣をちらちらと見ている。

「また家のほうに顔を出すから。兄さんたちにもよろしく」

「ああ、そうだな。皆喜ぶぞ。祝いの品を用意するから、つぎ来るときに持ってこよう。

――それにしても、数日見ないうちに顔色がずいぶんよくなった」

父は琬圭の顔を眺めた。「そうですか?」と琬圭は頬《ほお》を撫《な》でる。

「そうだよ。前は青白い顔をしていたのが、今はすこぶる血色がいい。足どりもしっかりしている。いや、よかった。やはり李道士の言葉は間違ってなかったのだな。いいご縁があったものだ」

うんうん、と父はひとりで納得して、満足した様子で帰っていった。

「あなたのお父様は、衣がお好きなの?」

小寧が言う。

「絹問屋だからね。美しい衣には目がないんだ」

「ふうん。お祖父《じい》様に頼めば、一着くらいこしらえてくださると思うけれど」

どうやら小寧は父が気に入ったらしい。褒めそやされたからか。

「いや、それは……気持ちだけいただくよ」

「どういう意味？」

小寧は首をかしげる。「いるの？　いらないの？」

「ああ、ええと……『いらない』という意味だけど、気に入らないからいらないんじゃなくて、なんというか、ありがたいのだけど……」

小寧は眉をよせた。

「なに？　ごちゃごちゃと、あなたの言ってること、よくわからないわ」

難しい。微妙な言い回しというのが、小寧には通じない。

「旦那様ぁ」回廊から手代の急《せ》かす声がする。「今行くよ！」と答えて、小寧には、「ごめん、またあとで」と言い残し、琬圭は旅館のほうへと足早に向かった。あとに残された小寧は、ムスッとした顔で佇《たたず》んでいた。

潭州を本拠とする茶商の王は、半年に一度は成都を訪れ、この地の商人と売買を行う。

張家楼を定宿としているお得意様である。

「あいかわらず、繁盛なさっているようですね」

裏門から倉庫へ運び込まれる大量の積み荷に、琬圭は言った。

「なんの、なんの。ここでの商売は、あなたの信用で成り立っているのさ」

と、王は磊落《らいらく》に笑う。縦にも横にも大きな男で、大商人らしい闊達《かったつ》さがあった。

「口のうまさもあいかわらずですね。――いつものように、牙人《がじん》は石《せき》さんでよろしいですか？」

牙人というのは仲介業者で、客商と地元の商人とをつなぐ役割をする者のことである。張家楼のような旅館はこうした仲介業者を客商に斡旋《あっせん》する役目を担《にな》っていた。したがってよい牙人につなぐことのできる旅館は客商からの信頼も厚い。張家楼はそうした旅館だった。

「ああ、任せるよ。それと、今回はひとつ、馬を引き取ってもらいたいんだがね」

「馬ですか」

たしかに、旅館では馬の商人も紹介するが――旅に馬や驢馬《ろば》はつきものだからだ――王から頼まれるのははじめてだった。

「べつの馬と交換ということですか？」

「いや、そうじゃなくてね。うちの馬じゃないんだ。ここに来る途中、あとをついてくるようになった馬でね。迷子なのかねえ、これがいい馬でね、腹を空かせてるんだろうと餌《えさ》やら水やらやっていたら、離れなくなったんだよ。追い払うのも忍びないし、どうせならここでいい飼い主に引き取ってもらったほうがいいかと思ってね。うちの馬じゃないから、売買ではないんだよ」

王は畜生《ちくしょう》にやさしい。屋敷では鳥やら犬猫やらをたくさん飼っているのだそうだ。はぐれ馬もそれとわかって、王についてきたのだろうか。

「ただ、どうももとの持ち主が訳ありなんじゃないかと思うんだが……」

「訳あり？」

「まあ、見てくれるか」

王は裏門のほうに目をやる。そこから裏手の厩《うまや》へと王の荷物を運んできた馬たちがつれられてくる。最後に入ってきた馬に、琬圭ははっと息を呑《の》んだ。

「あの馬なんだよ。見事な白馬だろう。それに、銀の鞍《くら》ときた」

王は馬の手綱《たづな》を手にした下僕に合図して、こちらに引いて来させる。馬はおとなしくやってきた。王の言うとおり、見事な白馬である。まだ若い牡馬《ぼば》だ。細工の美しい銀鞍《ぎんあん》をつけていた。

「しかし、鞍をよく見てくれ。血がついているようなんだ。黒ずんで、もうあまりわからんが」

王が鞍を指さす。鞍は蘭《らん》の模様が彫り込まれた、洒落《しゃれ》たものだった。そこにべったりと、たしかに血の痕《あと》がある。琬圭は眉をひそめた。それは血の痕にではない。鞍にまたがる、青年の姿に、である。

白馬には青年が乗っていた。歳《とし》は琬圭とおなじか、すこし下くらいだろう。襟《えり》を翻した袍《ほう》を着て、片肌脱ぎにした、粋《いき》な青年である。顔立ちは精悍《せいかん》で、肌は白くきめ細やか、細身ながらしっかりと鍛えられた筋肉に覆《おお》われた美しい体をしている。露《あらわ》になった右肩には刳《いれずみ》があった。梅の花枝を彫ったものだ。風流である。侠客《きょうかく》のたぐいであろう。

琬圭が眉をひそめたのは、侠客だからではない。この青年が、どうやら幽鬼《ゆうき》らしいからである。

王には馬上の青年が見えていないようで、ただ銀鞍の血痕《けっこん》ばかり気にしている。琬圭は王に相槌《あいづち》を打ちつつ、青年を見あげていた。青年が、琬圭に目を向ける。視線が合った。すう、と体の中心を上から下に、冷えた風が通り抜けてゆくような心地がした。

「わ……わかりました」

青年から目を離せないまま、琬圭は答えていた。

「この馬は、お引き受けします。こちらでもらってくれる人をさがしましょう。大事にしてくれる人をさがします」

「そうかい、じゃあ、お願いするよ」

王はほっとしたように言った。「きっともとの持ち主に可愛《かわい》がられていた馬だよ。持ち主はどうなったんだろうなあ。心配してるんじゃないかねえ、この馬も」

そう言って去ってゆく王に、琬圭は「そうですね」とうわの空で答えた。馬上の青年はひたと琬圭に目を据えている。「手綱を」と琬圭は王の下僕に告げる。下僕から手綱を受けとると、青年がひらりと馬からおりた。琬圭に向かって拱手《きょうしゅ》する。

「恩に着るぜ、旦那。あんたはいい人だ」

青年はそう言って琬圭を見つめた。まっすぐで、きれいな瞳をしている。

「こいつの行く末を案じていたんだ。どうかいい飼い主を見つけてやってくれ。俺は蘭芳《らんほう》、江陵《こうりょう》で仕事をしくじって、死んじまったんだ」

琬圭は馬を厩に預け、馬丁に銀の鞍を外させると、それを抱えて離れに戻った。鞍についた血痕を、拭きとれる部分だけきれいにしてやろうと思ってのことである。銀細工についた血は拭けばとれるだろうが、革に染み込んだ血はおそらく無理だろう。蓮池のほとりを歩く琬圭のかたわらには、蘭芳がぴたりとくっついている。

市井《しせい》で馬を持つ者は、富裕な商人か侠客である。高価であるのに加えて、馬は時として　お上に強制徴収される場合があるからだ。そうなっては大損のうえ、悔し涙を呑んであきらめるしかない。だからこそ、馬に乗ることは庶民の憧れであり、乗る者にとっては富あるいは侠気《きょうき》の誇示になるのである。

「あいつの名は飛雲《ひうん》というんだ。飛ぶように速いからさ。俺たちの仕事には、駿馬《しゅんめ》がいなきゃ話にならねえ」

蘭芳は語る。すこし枯れた声なのが艶《つや》めいて耳に心地よく、花街ではさぞかし人気があったろうと思わせる。

彼らの稼業は、暗殺である。大金と引き換えに殺しを請け負い、仕事を果たすと駿馬に乗って百里を駆け、逃げるのである。近場では逃げおおせるのは難しいので、自然、遠方での仕事になる。

危ない仕事であるのは間違いない。彼らは大金を得たら酒楼、娼楼《しょうろう》へ向かい、ぱっと使ってしまう。金を残したところで明日命があるかはわからないからだ。実際、蘭芳は命を落としている。

「へまをしちまったよ。相手の心の臓を刺したつもりが、逸《そ》れてたんだな。仕留め損ねたあげくに反撃を食らっちまった。なんとか城外に逃げたんだが、途中で飛雲に水を飲ませてやろうと思ってさ、維水《いすい》って、江陵から西へ十五里ほど行ったところにある小さな川なんだが、その水辺まで飛雲を近づけたところで、俺はもう力尽きちまった。川に真っ逆さま、落ちたんだ。たぶん、俺の体は川底に沈んでるか、下流に流されているかだろうな。でも、心のほうは気づいたら飛雲に乗っていたんだよ」

蘭芳の語り口はあっけらかんとしている。死者の悲哀はない。

「死んじまったもんは、しかたねえ。そういう稼業なんだ。殺しをやる野郎なんざ、とうていまともな死に方なんかしねえよ。はなから覚悟のうえさ」

暗殺は罪でも戦《いくさ》であれば武功である。兵士になればよかったのに、と琬圭は口から出かかって、呑み込んだ。それができないから侠客をやっていたのだ。

蘭芳はニヤリと笑った。

「旦那、暗殺稼業なんざ馬鹿《ばか》のやる仕事だと思ってるだろ？　俺もそう思うぜ」

「……いや……」

琬圭は言葉に困る。市に暮らしているので、裕福な客商のみならず零細な行商人もならず者も物乞いも目にするが、いかんせん、住む世界が違う。その稼業でしか生きられぬ者のことはわからない。わからぬことに口は出せない。

「なあ旦那、飛雲を引き受けてくれたあんたを見込んで頼みがある。聞いちゃくれねえか」

蘭芳は表情を改め、そう切り出した。

「できることと、できないことがあるんだが」

困惑しつつ琬圭が当たり障《さわ》りない答えを返すと、蘭芳は破顔した。

「できそうもねえことを頼みはしねえよ。あんたは裕福で、暇もあると見た」

暇人と言われてあまりいい気はしないが、事実そうである。

「まあ、そう――」

「ちょっと！」

大きな声が響いて、琬圭は抱えた鞍を落としそうになった。あわてて抱え直し、離れのほうを見やる。露台に小寧がいた。明らかに怒った顔をしている。

小寧は足早に琬圭のもとへやってくる。

「なに、その幽鬼は。また性懲《しょうこ》りもなく拾ってきたの？」

「拾ったわけではないよ。それに『また』って……」

琬圭は一度たりとも自《みずか》ら幽鬼を拾ってきた覚えはない。

「あなたが引き寄せているのだから、おなじことよ」

小寧はにべもなく言い、蘭芳をじろりと眺めた。「どうするつもりなのよ、この幽鬼」

「まあまあ、小寧」

琬圭はなだめようとするが、

「誰ですかい、旦那。このこうるさい小娘は」

と蘭芳が言うので、小寧はまなじりを吊りあげた。

「幽鬼ごときが、わたしをうるさいと言ったの？　わたしが何者だかわからないの、龍王の血筋だというのに――」

「龍王？」蘭芳はきょとんとしている。「お嬢ちゃん、冗談だろ？　人間にしか見えねぇぜ」

蘭芳の言葉に小寧の顔が青ざめた。おそらく小寧の心のとても繊細な部分を、蘭芳はうっかり踏みつけてしまった。琬圭は口を挟む。

「半分、人間なんだよ。だから、龍女でもあるし、人間でもあるんだ。どちらの力も併《あわ》せ持っている子なんだよ」

へえ、と蘭芳は目をしばたたいた。「ほんとうにあるもんなんだなあ、そんなこと」

小寧は黙り込んでいる。怒りのあまり蘭芳を雷で消し飛ばしてもおかしくなかったので、琬圭は内心ほっと胸を撫でおろした。

「俺にはむしろ、旦那、あんたのほうがとくべつに見えるよ」

「え？」

「成都の城内に入る前から、光を感じた。ここに近づいてわかった。あんたが光なんだよ」

どういう意味かわからず、琬圭はぽかんとする。

「ぴかぴか輝いているってわけじゃあねえんだが、なんだろうな、俺みたいなやつがどうにもこうにも引き寄せられるものをあんたは持っているんだよ」

「血のにおい――みたいな？」

それは小寧の従姉《いとこ》からも言われたことだ。が、蘭芳は首をかしげた。

「俺には、においはわかんねえな。気配としか言えねえ」

「はあ……」

どういうことだろう。それが幽鬼や妖魅《ようみ》を引き寄せる理由だということか。

「――それで、どうするのよ？　その男」

小寧が案外、冷静な声を発した。気分が落ち着いたらしい。

「ああ、そうだった。なんでも頼みがあるとかで」

「また？　なあに、あなた、それを聞いてやるつもり？」

「まあね」

「あきれた」と小寧は言うが、口で言うほど表情はあきれていないように見える。

琬圭は離れに入り、銀鞍を卓上に置いた。小寧は長椅子に腰かけ、蘭芳は露台に通じる扉から蓮池を眺めている。琬圭も長椅子に腰をおろして、「それで」と蘭芳をうながした。

「頼みというのは、なんだい？」

蘭芳はふり返る。神妙な面持《おもも》ちをしていた。精悍な顔立ちは、歳をとれば苦み走った粋な男になっていただろうと思わせる。

「『西華楼《せいかろう》』という酒楼に、馴染《なじ》みの妓女《ぎじょ》がいてさ。范梅花《はんばいか》ってんだ。俺は梅花に腕輪を贈る約束をしてた」

西華楼は、一流どころの娼家である。病弱な琬圭は花街にとんと縁がなかったので、どんな妓女がいるかは知らないが。

「金の腕輪さ。江陵の金肆《きんし》でいい細工の物を見つけたから、こっちに帰ったらあげようと思って買ったんだ。でも、俺は死んじまって、腕輪は維水に沈んじまった」

まさかそれをさがしてくれ、という頼みでは――と思ったが、蘭芳は先回りして、

「いや、なにもそれを見つけてくれってんじゃねえ。そんなことができるとは思ってねえよ」

と言った。

「では、なにを？」

「俺たちみたいな稼業のやつは、帰ってこなかったら死んだってことだ。梅花もそれは承知してる。だから、俺が死んだってことはわかってるだろう。ただ、俺は約束を放り投げるのがいやなんだ。ひとこと、約束を守れなくてすまねえと、謝りたい。俺のこの言葉を、梅花に伝えちゃくれねえか、旦那」

蘭芳はひざまずき、琬圭に懇願した。琬圭は、ほう、と感嘆の息を洩《も》らした。どんな難しい頼みかと思えば、妓女ひとりに言葉を届けるくらい、なんということはない。それをこんなふうに懇願するのは、それだけ梅花への思いがひたむきであるからだろう。

「ああ、わかっ——」

「見つけられるわよ」

ふたつ返事で承諾しようとした琬圭の声に、小寧の声が被さった。ん？　と琬圭は小寧を見る。蘭芳もけげんそうにしていた。

「なんだって？　小寧」

「だから、見つけられると言ったの。金の腕輪」

なんでもないように小寧は言う。

「維水に沈んだと言ったでしょう。それなら、見つけるのはわけないわ。維水の神に言えばすぐ見つけてくれるわよ。維水は洞庭湖《どうていこ》にそそぐ川のひとつだから、そこの神はお祖父様の配下よ」

蘭芳の顔が明るくなった。

「そりゃ、ほんとうかい、お嬢ちゃん」

「『お嬢ちゃん』じゃないわよ。わたし、もう髪も結いあげてここに嫁いできているのだから」

小寧は口を尖《とが》らせる。

「おや、旦那の奥さんかい。そりゃ失礼した。じゃ、『奥方』って呼ぶよ。奥方、腕輪を見つけられるってのは、ほんとうなんだな？」

「だから、そう言ってるじゃない。龍女は嘘《うそ》をつかないわ」

「ありがてえ！」

蘭芳は叩頭《こうとう》し、小寧を拝んだ。

「奥方、あんたはすげえ御人だ。『こうるさい小娘』だなんて馬鹿にして悪かったよ。俺は見る目がねえな」

態度をすっかり改めた蘭芳に、小寧は気をよくしたらしい。ちょっと得意そうな顔をして、「あら、いいのよ」などと言っている。うれしげな様子を隠せないのがかわいらしい。

蘭芳に見る目がないとなると、最初に彼に頼られた自分はどうなるのであろうか、とはもちろん口に出さず、琬圭は笑みを浮かべていた。

「じゃあ、ちょっと行ってくるわね」

と、小寧は立ちあがる。

「え？　どこへだい？」

そう問う琬圭にあきれたように、

「維水に決まってるじゃない」

小寧は言って、露台に出る。「十四娘《じゅうしじょう》！」と呼ぶと、蓮池から鼈《すっぽん》が顔を出した。

「維水まで行くわよ。お供しなさい」

「はい、はい、姫様」

鼈はそばにあった蓮の茎に噛《か》みつき、ぷちりと蕾《つぼみ》を喰《く》いちぎると、露台に這《は》い上がってくる。蓮の蕾が、はらり、はらりと花弁を落とした。そう思ったつぎの瞬間には、蓮の花弁色の襦裙《じゅくん》を身につけた、十四娘が立っていた。

小寧が披帛を翻す。蓮池が波打ち、霧が立ち込める。霧は揺らめき、虹色の光彩を放っていた。ゆるやかに霧は小寧のもとへと集まってくる。その美しさに琬圭は息を呑んだ。

——ああ。あの彩雲《さいうん》だ。

螺鈿《らでん》のごときくきらめく雲に、小寧は足を伸ばす。体の重みを感じさせない足どりで雲に乗り、そのかたわらに十四娘も飛び乗った。

「では、旦那様、行ってまいります」

そうあいさつしたのは十四娘で、その言葉が終わらぬうちに、雲は空高く飛び去っていた。


江《かわ》は長く東西に横たわり、龍体のごとく雄大に蛇行《だこう》している。江陵府は長江《ちょうこう》中流沿いにあり、成都府からはいったん南下し、東へ、東へと向かう道のりで、その道は険しい。だが、空を行く小寧には関係ない。彼女を乗せた雲はただ江のみを目印に、維水を目指す。維水は支流の細い川で、洞庭湖の近く、崖に沿って流れている。眼下に見えるのは峻険《しゅんけん》だが新緑の美しい山々で、流れる川も滝もそれぞれ黄色、青、緑と色合いが違う。極彩色の錦がはためいているかのような眺めである。ときおり山の崖に彫られた像が覗《のぞ》き、小寧の目を驚かせる。たかが人間が、あんなところにどうやってあれを造ったのかしら、と思う。そうさせる一途《いちず》な心というものを思うと、不思議になるのだった。

蘭芳にしても、そうである。自分が死んだことより、約束を果たせぬことのほうが重いらしい。よくわからない。ただ、彼は小寧を手放しで褒めたので、小寧はそのためだけにこうして動いてやっている。小寧はあんなふうに褒められたことがないからだ。

しかし、最もよくわからないのは、琬圭だった。小寧にとって、琬圭は謎である。彼の生命をこれまでおびやかし、苦しめたのは幽鬼たちであるのに、なぜそれらの話を聞いてやろうとするのだろう。あまつさえ頼みまで聞いてやるとなると、まったく理解の外である。

それに、あのにおい。甘い血のにおい。あんなにおいのする人間は、ほかにはいない。琬圭をさがしたときにも、そのにおいでわかった。従姉の言うとおり、二十里先でもにおう。流れる血を間近で嗅《か》げば、酩酊《めいてい》しそうになるほど。

――あの人は、なんなのかしら。

眼下の緑と磨崖像《まがいぞう》を眺めながら、脳裏には琬圭の姿を思い描いている。

『半分、人間なんだよ。だから、龍女でもあるし、人間でもあるんだ。どちらの力も併せ持っている子なんだよ』

琬圭の言った言葉が、胸に刻まれている。どうしてこの言葉が深く胸に沈み込むのか、小寧は、己の心の動きについて、考えている。

「姫様、維水でございますよ」

十四娘が言った。松の生えた崖沿いに細い川があり、反対側は砂礫《されき》の川原になっている。小寧は雲を川に近づけた。

「維公《い》――維公、出てらっしゃい」

川面《かわも》に向かって声をかけると、しばらくして水が盛りあがり、青白い顔をして大仰な冠をつけた男が上半身を現した。維水の神、維公である。

「これはこれは、洞庭湖の姫君……おひさしゅうございます」

維公は痩《や》せぎすの小男で、目ばかりぎょろりと大きい。

「あなたに訊きたいことがあるのだけど。ここで若い男がひとり、死んだでしょう。肩に梅の柄の入った男よ。彼が持っていた金の腕輪が沈んでいるはずなのだけど、わかる？」

「はて、ここで死ぬ者は多うございますからなあ……」

維公は顎鬚《あごひげ》をしごく。

「溺《おぼ》れ死んだ者は、べつの者を川に引き込んで殺さずにいられぬのですよ。そうせねば冥《めい》府《ふ》へ行けぬと思うておる。ですので、よく死にまする」

「わたしが訊きたいのは、金の腕輪よ。あるの、ないの？」

煙《けむ》に巻くような維公の話しぶりに苛立《いらだ》ち、小寧は声を鋭くした。

「はあ、どうでしたかな……あったような……なかったような……」

――あるわね。

ないならないと言えばすむことである。維公はのらりくらりと答えることで、小寧の出方をうかがっている。足もとを見て、見返りを求めているのである。

維公は知らない。小寧は、そういう者がいちばん嫌いであることを。

「維公。わたしは頼んでいるのではないわ。『出せ』と命じているのよ。おわかり?」

結いあげた髪の後《おく》れ毛が逆立ち、ぱちぱちと音を立てる。小さな稲妻が小寧の周囲を取り巻く。

「ひえっ」と維公がしゃっくりのような悲鳴をあげた。青白い顔がさらに青くなる。

「お、お待ちを……少々お待ちを。いま、ただいまお持ちいたしまする」

ばたばたと大袖《おおそで》を振って言うや否《いな》や、維公は川に沈み、すぐさまふたたび顔を出した。

「あ……ありました、ありました。これでございます、姫君」

両手で金の腕輪をささげ持ち、小寧にさしだす。さっさとそうしていればいいものを。

小寧は水に濡れた腕輪を手にとる。金の腕輪はほっそりとした腕に似合いそうな、華奢《きゃしゃ》で繊細なものだった。ぐるりと梅の花枝が彫り込まれている。美しい腕輪だった。

「どうもありがとう」

「はは……っ」

早々と川のなかに戻ろうとする維公に、小寧は声をかける。

「維公。あなた、さっき溺れ死んだ者はべつの者を川に引き込んで殺すと言ったわね。そうせねば冥府に行けぬと思っているのだと。——あなたがそう吹き込んでいるのではないの？」

維公の顔色は青いを通り越して白茶けたものになった。

「め、めっそうもない……！　けっして、そのような」

「嘘をつくなら、それも含めて天帝にご報告するわよ」

「いえ、いえ、まことに、その……、姫君、どうか天帝にだけは」

白状したも同然である。小寧は眉根をよせた。

天帝はすべての神々の上に君臨する存在である。龍王のなかの龍王である洞庭君《どうていくん》さえ、その配下なのだ。

「天帝が怖いのであれば、つまらぬことはおやめなさい。ああ、ほら、亡者どもが怒っているわよ」

小寧が維公の背後を指さす。川面から一体、また一体と、幽鬼が姿を現していた。あっというまにそれらは数えきれぬほどになり、維公に向かって腕を伸ばす。維公に騙《だま》されたので、怒っているのだ。ひい、と維公は震えあがる。神が幽鬼に怯《おび》えるとは、と小寧はあきれた。

小寧は雲で川を離れ、空から幽鬼を見おろす。幽鬼たちはひとかたまりとなって、逃げる維公を追いかけていた。小寧は無言で手をあげると、すっとふりおろした。

雷光が閃《ひらめ》く。空を引き裂くような音が轟《とどろ》いた。雷は幽鬼たちを打ち、一瞬のうちに消し飛ばした。

巻き添えを食った維公が川面にぷかぷかと浮いている。小寧はひとつ息をつき、「帰るわよ」と十四娘に告げ、雲を西に向けた。

維公の所業を放っておくわけにいかなかったのは、天帝にばれたとき、管理不行き届きを責められるのは祖父の洞庭君だからである。以前、乱暴者の大叔父が暴れたさいにも天帝からはお叱《しか》りを受けたのだ。

「一応、お祖父様に知らせておいてちょうだい。十四娘」

「はい、姫様」

「勝手なことをしたと怒られるでしょうけれどね」

ため息をつく小寧に、十四娘は笑う。

「まさか。お祖父様のことを思ってのことだと、わからぬ洞庭君ではございませんよ」

そうかしら、とぼやきつつ、小寧は西の空を眺めた。

「ああ、これだ……！　ほんとうに見つかるとは、ありがてえ！」

金の腕輪を持って帰ってきた小寧に、蘭芳が伏し拝まんばかりに歓喜している。

琬圭は、

「すごいなあ、君は」

と感心したが、小寧はどう思ったのか、ふいとそっぽを向いた。褒められればなんでもうれしいというわけでもないらしい。

「それじゃあ、これを范梅花さんに届けに行こうか」

琬圭は小寧が卓に置いた腕輪を手にとる。精緻《せいち》な梅の線刻が美しく、金の質もいい。やわらかな光を放つ黄金色は、眺めていると心が和《なご》む。これを贈り物に選んだ蘭芳の心も伝わってくる。

「ありがてえ」と蘭芳は琬圭にもひざまずいて礼を言う。「案内するよ。西華楼は一流どころだから、旦那もご贔屓《ひいき》だろうけど」

「いや、私は酒市《しゅし》や鶴市《かくし》では遊ばないんだよ。体が弱くてね」

酒市は酒肆《さかや》や酒楼などの集まる飲み屋街、鶴市は娼家の集まる花街のことである。娼家はたいてい酒肆を兼ねているので、酒楼がすなわち娼家であることも多い。

「おや、そうかい。お金があっても、ままならねえことはあるんだね」

感慨深い口調で言う蘭芳に、たしかに、と琬圭は苦笑いする。

「ちょうど昼時だ。まだ商売前だが、俺の名前を出せば食事を出してくれるぜ。西華楼は酒だけじゃなく飯もうまいんだ。滋養《じよう》のあるもんを食べなよ、旦那」

案ずるふうの蘭芳に、「ありがとう」と琬圭は笑い、扉に向かう。そのうしろを小寧が当然のようについてきたので、「えっ」と琬圭は立ち止まった。

「小寧、君も行くのかい」

「どうして行かないと思うの」

小寧は不思議そうに首をかしげる。

「いや、うん……その、酒楼だからさ」

小寧のような娘の出入りする場所ではない。

「おいしいものが出るところなんでしょ？」

それか、と琬圭は納得した。維水まで雲で往復して、腹を空かせているのだろう。

「お腹《なか》が空いているんだね。いま食事を用意するから、それを食べて待っておいで」

「どうして？　わたしも行くわ」

言い出したら聞かない少女だろうことは、短いつきあいながらわかっている。琬圭が困っていると、蘭芳が明るい笑い声をあげた。

「旦那、つれてってやんなよ。商売前だしさ、そう気にすることたねえ」

「そうかな」

琬圭とて花街に出入りしたことがないので、商売前の酒楼がどんな様子なのだか知らない。蘭芳がそう言うならいいだろう、と小寧をつれてゆくことにした。当たり前のように雲を使おうとする小寧を制して、馬車を用意する。

「いいかい、小寧。とくべつなとき以外は、あの雲を使ってはだめだよ。君にとっては当たり前のことかもしれないけど、その辺の人にとっては違うからね」

幼子《おさなご》に言い聞かせるように懇懇《こんこん》と説くと、

「わかったわ」

と、小寧は案外、素直にうなずいた。琬圭はすこしずつわかってくる。小寧は、理解できれば無茶をすることはない。人間界においてなにが無茶で、なにが無茶でないのか、まだよくわかっていないだけなのだ。

小寧には目立たぬよう地味な襦裙に着替えさせて、張家楼を出た。

市のなかは今日も賑わっている。肆々《みせみせ》は買い物客でごった返し、辻《つじ》では大道芸人が耳目《じもく》を集め、あるいは辻占《つじうら》がおり、あるいはまた闘鶏《とうけい》が行われ、戯場《ぎじょう》にも大勢の人がたむろしている。歌と音曲、鶏《にわとり》のけたたましい鳴き声が混然として、騒々しい。

花街に向かえば、ずらりと建ち並ぶ軒先《のきさき》にはためく青い旗が見えてくる。青い旗は酒肆や酒楼の印である。昼日中なので人はすくないが、開いている肆もある。あれは料理屋として営業しているのだろう。

西華楼は、一流どころと言われるだけあって、張家楼とおなじくらい立派な楼閣だった。軒に吊るされた赤い絹の覆いをかけた灯籠《とうろう》は、夜になれば赤々と灯《とも》るのだろう。正面の扉は開いておらず、馬車から降りるとそばの小路に入り、建物の裏手に回る。裏門からなかを覗けば、下働きの女が二、三人、洗濯をしていた。いずれも四十過ぎくらいの女たちである。ひとりが琬圭に気づき、盥《たらい》で衣を洗う手をとめぬまま、「なにか用かい？」とつっけんどんに訊いた。その声に、ほかの女も琬圭のほうをふり返る。

琬圭はなかへと足を踏み入れた。

「張家楼の張《ちょう》という者だけれど、蘭芳さんから范梅花さんへ、言伝《ことづて》を預かっているんだ。范さんのところへ案内してくれるかい？」

最初に声をかけた女が、琬圭を頭から爪先までじろじろと眺めたあと、前掛けで手を拭きながら立ちあがった。

「こっちだよ」

よけいなことは言わない。それでいてすべてを承知したような響きがあった。琬圭につづいて小寧が裏門から入ってくると、女はさすがに驚いた様子で片眉をあげたが、やはりなにも言わなかった。訳ありな者には慣れているのかもしれない。小寧のうしろを蘭芳が黙りこくってついてくる。

女たちのいた裏庭を突っ切り、東西に建つ棟のうち、西のほうに案内される。妓女の居室らしい。

「梅花さん、お客だよ」

一室の前で女が声をかける。

「お客？　誰？」

気だるげな返答がある。可憐《かれん》な声だった。

「張って人。蘭さんの言伝を預かってきたって――」

言葉が終わる前に、扉が勢いよく開いた。

そこにいたのは、儚《はかな》い花弁のような娘だった。血が透けて見えるほど薄く白い肌に、大きな瞳は瑞々《みずみず》しくうるんで、白目が青白い。吸い込まれそうな瞳が印象的で、小さな鼻と口は添え物にすぎない。不安になるほどほっそりとした首に、薄い肩をしている。髪はしどけなく緩い半翻髻《はんほんけい》に結っていた。

――この娘が、范梅花か。

意外に思う。美形ではない。目が大きすぎるし、痩せすぎだ。だが、その不安定さが妙に魅力的でもあると思う。

「蘭さんの言伝って、ほんとう？」

か細いがよく通る声で、梅花は問うた。すがるような切実さがあった。視線は琬圭や小寧の上をさまようが、蘭芳を素通りする。

琬圭はちらと蘭芳をうかがう。蘭芳はわずかに眉をひそめ、傷の痛みをこらえるような顔をしていた。

「言伝というか――あなたへの贈り物を預かっているんだ」

そう告げると、梅花の顔からすっと血の気が引いた。倒れるのではないかと思ったが、そんなことはなく、むしろ梅花はかすかに笑みを浮かべた。泣きだしそうな笑みだった。

「そう……、どうもありがとう。どうぞ、入ってちょうだい。大娘《だいじょう》、大事なお客さんなの、とびきりのお酒とご馳走《ちそう》を用意してくれる？」

大娘と呼ばれたのは、案内してきた女のことだった。大娘は軽くうなずいただけで、去っていった。

通された部屋は陽当たりがよく広々として、上等の調度品と琵琶《びわ》が並んでいる。梅花が人気の妓女であるのがわかった。

すすめられた長椅子に、琬圭は小寧と並んで座る。蘭芳は格子窓によりかかった。陽光のなかでその表情はよく見えない。

「張さん……とおっしゃったかしら。どちらの張さん？　結構なお商売をしてらっしゃるかたでしょうね」

琬圭の官吏《かんり》でも軍人でも書生でもなさそうな佇まいを見て、梅花は問う。

「張家楼の者だよ」と琬圭が答えると、「あら、じゃあ絹問屋の若旦那の弟さんね」と梅花は言った。どうやら琬圭の長兄はこの妓楼《ぎろう》の馴染み客らしい。

梅花は目を小寧に向ける。こちらは？　とその目が問うていた。

「私の妻なんだ」と言うと、梅花は目をみはった。

「奥様同伴でこんなところにいらっしゃるかた、はじめてよ」

琬圭は苦笑して首を搔《か》いた。梅花の瞳には複雑な色が見え隠れする。妓女は賤民《せんみん》にあたるので、たとえ身請けされても家妓《かぎ》、つまり妾《めかけ》どまりで妻にはなれない。ましてや深い仲だった蘭芳を亡くしたばかりである。夫婦で訪ねるというのは——たとえ仲睦《むつ》まじい夫婦でないとしても——控えるべきだったろうか、と琬圭は思った。

「梅花さん、入るよ」と、さきほどの大娘が盆を手に入ってくる。とりあえず酒と軽食を持ってきたらしい。卓に酒器と漬物、胡麻《ごま》をまぶした胡餅《こへい》に、蕎麦《そば》粉を薄く伸ばして焼いた焼餅《やきもち》などが並べられる。置くだけ置いて、大娘はさっさと出ていった。小寧がさっそく焼餅に手を伸ばす。食べていればおとなしくしているだろう。

「それで……」

梅花がうながす。琬圭はうなずき、懐《ふところ》から金の腕輪をとりだした。それを梅花にさしだす。受けとった梅花はしげしげと腕輪を眺め、ああ、と嘆息を洩らした。

説明は不要だった。梅花は腕輪が他人の手を介して届けられた時点で、理解している。蘭芳の死と、その心を。

梅花は腕輪に手を通し、細い指で何度も撫でる。目の縁にふつりと涙が浮かんだと思うと、湧水のごとくとめどなくあふれて頰を伝い落ちた。嗚咽《おえつ》も洩らさずに泣いている。その横顔を、蘭芳は窓辺に佇み見つめていた。慈《いつく》しみと哀《かな》しみの混じり合った目をしていた。やわらかな陽光が、なんの不幸もないかのようにあたたかくふたりを包んでいる。

小寧でさえ焼餅を口に運ぶ手をとめて、ふたりに見入っていた。

「……蘭さんとあたし、故郷がおなじなの。といっても、親の故郷ね。臨《りん》州の農家だったけど、ほら、戦も度重なって、土地は荒れるし、借金はかさむいっぽうだし、どうにも首が回らなくなって、土地を捨ててこっちのほうに出てきたのよ。あたしの親は荘園で働いて、でもそこも逃げだして、米搗《つ》きなんかやってたけど、最後は野垂れ死んだみたい。その前にあたしはここに売られてたから、死に目は見てないの。蘭さんも似たようなものよ。

だからなんだか、他人に思えなくって……」

ぽつりぽつりと、梅花は独り言のように話した。腕輪の梅を指で愛《いと》おしそうになぞりながら。

安史《あんし》の乱――安禄山《あんろくざん》、史思明《ししめい》の起こした反乱である――以降、土地を放棄する農民は増えるいっぽうだという。だが、逃げたところで彼らの暮らしが楽になるわけではなく、梅花の親たちのように落ちぶれる場合がほとんどだ。都会にあふれる日雇い労働者、ならず者、物乞いのたぐいは、おおよそそうした者たちのなれの果てなのである。成都には行くあてのない貧者や病人を養う施設があり、物乞いなどはここに収容されるが、彼らは溝を浚《さら》って銅鉄のかけらを拾い集め、糊口《ここう》をしのぐ。梅花の両親も、おそらく行き着くところはそうだったであろう。

「蘭さん、刳《いれずみ》を彫っているでしょう。梅の枝の……。腕のいい刳屋を見つけたからって、彫ってきたのよ……」

思い出すように、ふふ、と梅花は笑う。

「ああいう稼業だから、別れるときはいつも、今回は帰ってくるか、つぎは帰ってくるか、怯えてばかりよ。帰ってきたら、その夜のうちに有り金ぜんぶ使い果たしてね。馬鹿だと思うでしょう。でも、あたしたち、そういうふうにしか生きてゆけないの」

そう言い終えると、梅花はふうとひとつ息を吐き、表情を失った。ただ呆然《ぼうぜん》として、腕輪を見つめている。蘭芳もただじっと、梅花を見つめていた。そういうふうにしか生きてゆけない。そう言ったとたん、梅花は蘭芳が死んだことを、まざまざと実感したのだ。

琬圭は黙って立ちあがり、小寧の腕をとって、部屋を出た。小寧は梅花の話したことを理解できたのかできていないのか、わからないが、文句も言わず琬圭についてきたところを見ると、いくらか感じるものはあったらしい。手に持った焼餅をちぎって口に入れながら、黙り込んでいる。

「大娘さんに、料理はいらなくなったと伝えてくるよ。帰ったらご馳走を用意するから、我慢できるかい」

小寧はなにか考え込んでいる様子で、黙ってうなずいた。

部屋のなかから、嗚咽が聞こえはじめたかと思うと、それは慟哭《どうこく》へと変わっていった。

これで蘭芳は冥府へ赴《おもむ》くものだと、琬圭は思っていた。

ところが、である。

「張の旦那、いや兄い、あんたは俺の恩人だ。一生かかってもあんたに恩を返さなきゃあ、俺の気がすまねえ。おっと、もう死んでるんだから、一生ってのはおかしいか」

蘭芳は張家楼に戻ってきた。琬圭の前に膝《ひざ》をついている。

「腕輪を取り返してきたのはわたしよ」

甘辛く煮込んだ豚肉の塊《かたまり》を頬張りながら、小寧が口を挟む。蘭芳は小寧に向き直った。

「そうだ、姐《ねえ》さんも俺の恩人だよ。だからご両人に恩返しをさせてくれ」

「恩返しといったって……君は幽鬼だしなあ」

腕を組む琬圭に、

「兄いは俺みたいなやつを引き寄せちまうだろ。俺はそいつらが兄いに悪さしねえように目を光らせるよ」

用心棒みたいなものか。ふむ、と琬圭は考え込む。

「わたしには?」

煮汁で口のまわりをべたべたにした小寧が訊く。蘭芳は「そうだなあ」と上に目を向けてから、「姐さんにはおいしい飯屋を教えてやるよ」と言った。

琬圭は手巾で小寧の口を拭いてやりつつ、「君がそうしたいなら、かまわないけど……」と言葉を濁《にご》した。

——梅花さんのことは、もういいのかい。

などと、訊けるものでもない。が、蘭芳は察したようで、かすかに笑った。歳に似合わぬ渋みのある笑みだった。

「梅花のことは、心配いらねえ。あいつはあいつで、生きてゆくよ」

そこにはふたりにしかわからぬ紐帯《ちゅうたい》があるように思えた。


もうひとつ、驚かねばならないことが出来《しゅったい》した。

手代が困惑顔で離れに呼びに来たのは、数日後のことである。

「旦那様……」

「こちらで雇ってほしいという女が来ているのですが」

「へえ、それなら朱《しゅ》さんに会わせよう」

朱は番頭である。もとは上都の官吏であったのが、官僚同士の主導権争いに嫌気が差して官を辞し、成都までやってきたところで琬圭の父に乞われてその商いに携《たずさ》わるようになった。頭が切れるし、情に薄いところはあるが、そのぶん私情は挟まず、損得勘定はたしかである。

「それが、朱さんが旦那様を呼ぶようにとおっしゃって……」

「おや、そうかい」

なんだろう、と首をかしげ、手代のあとについてゆく。手代は旅館のほうには行かず、回廊を通って、裏手の厩のほうへと進む。相手を裏門から通したにしても、まさか厩で待たせているわけではあるまい……と思っていたが、朱とその女とやらは厩の前にいた。朱は四十がらみの痩せた男で、いかにも官吏あがりらしい知性と冷たさを感じさせる風貌《ふうぼう》をしている。こうした士人《しじん》は帳簿方に雇われることが多く、そのほかには代書屋だとか、家庭教師だとかの職に就く例を見かける。士人とて、安穏と官職に就いていられぬ時代である。

琬圭は女のほうを見て、あっけにとられた。梅花である。妓楼で見た姿とは異なり、胡《こ》服《ふく》の袍に身を包み、頭には胡帽《こぼう》を被り、化粧気はない。雰囲気は違うが、紛れもなく梅花であった。

「どうして、あなた――」

驚きのあまり言葉の出てこない琬圭に、梅花はにっこりと笑った。

「西華楼は辞めてきたの。あたし、ずいぶん貯《た》め込んでいたのよ。あたしはあたしの身請け金を払って、あそこを出たの。なぜって？　ここに飛雲がいると聞いたからよ」

梅花は厩につながれた白馬を指さした。飛雲は、処遇に迷っていまだ新たな飼い主をさがしていない。

「王さんって客商がいるでしょう。成都に来るたび、西華楼に来てくださるのよ。酒宴の席で、銀の鞍をつけた白馬のことを話してくださったの。飛雲だって、すぐわかったわ。張さん、あなたもいらしたときに言ってくださればよかったのに。でも、まだ売り払われてなくてよかった。どうか飛雲をこのままここに置いてやってくださいませんか。そして、あたしをこちらで雇ってください」

梅花は必死に言いつのる。琬圭は最初の驚きが去り、次いで、困惑した。

「ええと……、西華楼を辞めたというけれど、でも、妓女は楽営《がくえい》に属しているだろう？勝手には辞められないのでは」

妓女は官妓《かんぎ》として楽営という部署に登録され、成都府の尹《いん》——長官の支配下にある。楽営に住んでいる正式な官妓もいれば、梅花のように所属はしているが民間で妓女をしている者もいて、長官の命があれば酒宴に呼びだされて舞楽を提供する、という場合がある。長官の一存でこの辺の決まりは緩かったり厳しかったり、ときによって異なる。

「そのために身請けには大金をはたいたのよ。西華楼の主人が話をつけるわ」

そううまくいくだろうか、と思いつつ、

「それで、飛雲の世話役として雇ってほしいってことかい？」

と尋《たず》ねた。

「飛雲の世話もしたいけれど——あたし、馬に乗れるのよ——、ほかにも下働きでもなんでもするわ」

　琬圭は朱に視線を送った。朱は苦虫を噛みつぶしたような顔をしている。明らかに反対なのだ。さっさと追い出してしまいたい、という顔だった。

「……范さん、といったかね。うちでは、あんたみたいな若い娘は雇わないんだ。旦那様と知り合いでも、雇うわけにはいかない。申し訳ないが帰ってくれ」

　朱の口ぶりは丁寧だったが、きっぱりしていた。梅花はきゅっと眉をよせて、朱ではなく琬圭を見あげる。朱はため息をついた。つまり、梅花は雇えと求め、朱は拒否し、それでも梅花が帰ろうとしないので、琬圭を呼んできた、ということらしい。

　琬圭は思案する。朱がなにを案じているかはわかっている。辞めたからといってもと妓女を雇うわけにはいかない。張家楼は酒楼ではないし安宿でもない。市署《しじょ》から認められた格式のある成都随一《ずいいち》の旅館である。琬圭とて、情で判断できることではない。

「西華楼の主人は、納得したのかい？」

　そう問うと、梅花はすこし怯《ひる》んだ。

「揉《も》めはしたけれど……でも、それだけのお金は払ったもの」

「ふむ」

　琬圭は顎を撫でる。梅花は人気の妓女だったろうから、西華楼でも手放したくはなかっただろう。

「あなたを雇えば、西華楼から因縁をつけられかねないし……」

「そんな」

「成都尹もなんて言うか」

「……」

梅花は黙り込む。

「私はここが淫売宿《いんばいやど》なんて悪評の立つのはごめんですよ」と朱があけすけに言った。「あんたを雇うということは、商売を危険に晒《さら》すということなんだよ。わかるかい、范さん」

梅花は唇を噛んでうつむいてしまった。

「いや、逆手にとったらどうだろう」

琬圭はつぶやく。「え?」と朱が片眉をあげた。

「彼女は飛雲のそばにいたいんだよ。死んでしまった大事な人の遺《のこ》した馬だから。それはとても――」評判になる、という言いかたは今以上に傷つけるか、とちらと梅花を見やり、言葉を変える。「人の心を打つよ」

「はあ……」損得勘定しか頭にない朱の反応は鈍い。琬圭は彼にもわかるように言葉を選んだ。

「世間は妓女には冷たくても貞女《ていじょ》なら褒めそやすだろう」

「はあ、ああ——なるほど」朱は琬圭の言わんとするところがわかったようで、うなずいた。「そういうふうに持ってゆく、と」

「まあ、そうだね。——西華楼の主人と話をつけよう。それから長官にも。市署にも話を通しておいたほうがいいだろうね。あとの面倒がない。それぞれに私が行くよ」

「旦那様が、わざわざ」

「父の看板を借りるには、私が行かないとね」

琬圭が張家の息子だからとれる手段である。成都の繁栄の一翼を担う張家の看板あってこそ、誰も彼も琬圭の話を聞く。琬圭はそれを己の手腕だと勘違いはしない。

「これなら西華楼も長官もうちも損はしないどころか、むしろ評判はよくなる。うまく収まるよ」

梅花は事情がよく呑み込めない様子で、目をぱちぱちさせていた。

後日、梅花は無事に張家楼に雇われることになった。飛雲の世話をしないときは、食堂で給仕に出ている。梅花をひと目見ようと張家楼の食堂は大いに賑わった。

西華楼の妓女、范梅花は非業《ひごう》の死を遂げた恋人の愛馬をせめてそばで世話をしたいと願い、西華楼の主人はその心意気に胸打たれて妓女を辞めさせた。府の長官もおなじくその話に感動し、とくべつに楽営の籍を抜けることを許してくれた。梅花はめでたく張家楼に迎え入れられ、愛馬の世話をしている——という美しくもやさしい話が世間に広がっている。そういう形に整えたのは琬圭である。

梅花は日に一度、飛雲を運動させるために外につれだす。胡服を着て馬に颯爽《さっそう》とまたがる梅花の姿に、人々は感嘆し、称賛した。

「兄いも、なかなか策士だねえ」

と、蘭芳は笑う。

飛雲とともにいる梅花はうれしそうで、ほんのすこしさびしそうで、蘭芳は、それを静かに眺めている。

第三章 くくり鬼

牙人《がじん》の石《せき》がやってきた、と小間使いが知らせてきたので、琬圭《えんけい》は、はて、今日はなんの約束もなかったはずだが、と首をかしげつつ表に向かった。

旅館の一階に応接用の一室があり、石はそこにいた。

「結婚祝いの団子を届けに来ただけなんだが」

と言う彼は気怠《けだる》げに酒杯を傾けている。三十過ぎの男で、琬圭とは子供のころからの古馴染《なじ》みである。

「ありがとうございます。忙しいでしょうに、石さん自《みずか》ら届けてくださるとは」

石は無愛想にゆるく手をふる。「俺が忙しいのは、おまえさんのおかげだからな」

「ずいぶん殊勝なことをおっしゃる」

「俺は義理堅いんだよ」

琬圭は笑うが、実際、石の仕事ぶりは堅実で、不義理を働いたことは一度もない。牙人という仲介業は信用が大事であり、その点、石は商人からの評判がよかった。

「おや、寝不足ですか？」

そう尋《たず》ねたのは、石がしきりにあくびを噛《か》み殺し、目をしょぼつかせているからだ。常日頃から愛想も覇気《はき》もない男だが、今日はとりわけ顔色が悪い。

「仕事も忙しいが、暮らしに不便があってな。すこし前に下男を馘首《くび》にした。新しい下男をさがしてるんだが、なかなか信用のおけそうな者が見つからない」

「おやまあ。石さんのところの下男というと――」

琬圭は、石の言伝《ことづて》やら届け物やらで頻繁《ひんぱん》に張家楼《ちょうかろう》に来ていた下男の顔を思い浮かべる。若い小柄な男で、黙々と仕事をこなしているように見えた。石はおしゃべりな、うるさい相手を嫌うので、ちょうどいいのだろうと思っていたが。

「寡黙《かもく》で、真面目そうな男に思えましたがね。不手際でもありましたか」

信用のおけそうな者をさがしているということは、信用のおけないことがあったからだろう。そう思って訊《き》くと、石は苦々しい顔で酒杯を置いた。

「半月ほど前に、寄附舗《きふほ》の馮《ふう》が死んだのを知ってるか？」

寄附舗は客から金品を預かり、預かり料をもらって、保管もしくは販売する商いである。おおよそ大商人が本業のかたわら営んでおり、石の言う馮の家というのも、もとは金銀珠玉を扱う豪商だった。もとは、というのは馮の代になって商売が傾き、あれよあれよというまに本業はつぶれ、残ったのが寄附舗だけだったのだ。どうも、馮は商売下手であったらしい。

「知ってますよ。生前、つきあいはありませんでしたが、亡くなったことは風の噂《うわさ》で聞きました」

なんでも、商売でへまをしたうえ、妻が間男と出奔《しゅっぽん》したのを苦にして、首をくったという。

そんなことを琬圭が言うと、石はうなずいた。

「その『商売でへまをした』ってのに、俺がちょっとかかわってるんだよ」

石は卓に頬杖《ほおづえ》をつき、眉をよせた。

「さる女の召使いが、主人の釵《かんざし》を馮の店に預けようとしたんだが、馮は断った。その釵が薄汚れた古いものだったから、敬遠したそうだ。俺は馮とは取引がなかったが、隣の珠玉商に仕事の用があって、ちょうどそこに通りかかった。馮はこれ幸いとばかりに俺を呼んで、ほかの寄附舗を紹介してやってくれという。ていのいい厄介《やっかい》払いだな。それで、俺は隣の珠玉商に召使いをつれていったんだよ。そこは寄附舗もやってたもんだから、まあついでに」

そうしたら、その釵はずいぶんな値打ちものだとわかった。

「古くて汚れてるってだけで、玉も金もいいものが使ってある。なにより細工がいい。これはそんじょそこらで買える代物じゃない、特注品だろうと、珠玉商は召使いに由緒を尋ねた。そうすると――」

召使いの主人は、さる裕福な高官の妾《めかけ》だった。釵は高官が愛妾《あいしょう》に与えたものだ。ところが、愛妾は正妻にいびられ、たまりかねて、あるとき娘とともに高官のもとを去った。

「その妾は死んでしまって、娘は忠実な召使いに育てられてたんだ。召使いは妾の所持品を売って娘を養ってた。その高官とやらは珠玉商の顧客でな、愛妾と娘をさがしていることも珠玉商はよく知ってた。召使いの話を聞いた彼はすぐに高官に知らせて、めでたく父娘が再会したってわけさ」

珠玉商はいわずもがな、きっかけを作った石も、高官から多額の謝礼を頂戴《ちょうだい》したという。

「よかったですね」

琬圭が言うと、石は難しい顔で酒をあおった。

「なにが吉となり凶となるか、わかったもんじゃないぜ」

「凶になりましたか」

「だから、馮だよ。馮からしてみりゃ、うまい話をみすみす逃しちまったわけだから、悔しいったらないだろう。あのとき俺に引き渡すんじゃなかったとずいぶん愚痴《ぐち》ってたらしい」

「でも、それは仕方がないことでしょう。ほかでもない、自分が石さんに押しつけたわけですから」

「そう割り切れるやつならよかったんだろうけどな。馮はくよくよ悩んだあげく、女房には見限られて間男と逃げられ、ついには首をくくっちまった」

ふむ、と話を聞いていた琬圭は、すこし首をかしげた。

「それで、下男はどうしました？」

もとは下男を馘首にした――という話だったのだが。

「だからさ、そっちもこの話につながってるんだよ」

石は疲れた様子で目をしばたたく。やはりずいぶん眠そうだ。

「謝礼にもらった銭を持って、逃げようとしやがった」

魔が差したんだろうな――と石はため息をつく。「目の前に銭が何緡《さし》もあったんだ。くらりと来てもおかしくない」

銭は一千文ぶんを一本の緡《なわ》に通す。これが一緡だ。

「うるさくしゃべらないし、怠《なま》けることもない、実直な男だったんだがなあ」

それまでの働きぶりに免じて、馘首にするだけにとどめたという。

「つぎの日には、姿を消していたよ。なんのあいさつもなく」

石はつまらなそうに言って、杯を干した。

謝礼はもらったが、馮は死に、下男には逃げられ、石にとっては吉凶が同時に降ってきたようなものだ。

琬圭は石に酒をつごうとして、「もういい」と断られた。

「これ以上飲んだら、ここで寝ちまいそうだ。忙しいせいか、このところどうも夢見が悪くてな、よく眠れん」

「いやな夢でも見ますか」

「ああ……」

石は眠たげな顔を手でさする。

「首をくくる夢さ」


——夜半、息苦しさに目を覚ます。あたりは真っ暗で、なにも見えない。

息苦しさの理由はすぐにわかった。石の首を、紐《ひも》がぎゅうぎゅうと絞めているのだ。

無我夢中で紐をはずそうともがく。指で紐をほどこうにも、首に食い込んですこしも緩まない。爪が首の皮膚《ひふ》をひっかく。苦しさに頭がぼうっとしてくる。いったい誰が、この紐を締めあげているのか。

石は必死に紐を指でたどる。紐の端は、寝台の脚《あし》にくくりつけられていた。

そこで気づくのだ。

もういっぽうの紐の端、それをつかんでぎゅうぎゅうと首を締めあげているのは、己の左手だった。

——なぜだ。

なぜ俺は、俺の首を絞めているのか。

紐から左手を離そうにも、まるで思いどおりにならない。石の思いとは裏腹に、左手の指はますます紐を強く握りしめ、首をぎりぎり締めあげる。

石は右手を暗闇《くらやみ》に伸ばす。誰か。誰かいないのか。助けてくれ。

暗闇は墨《すみ》で塗りつぶしたようで、すこしも目が慣れない。むしろ闇はいっそう濃さを増しているようだった。

ここは己の家ではない。己の部屋ではない。ここはどこだ。

頭のなかが白くなってゆく。息が苦しい。

子供のころ、川で溺《おぼ》れたことを思い出す。あれに似た苦しさだった。

石は手足をばたつかせ、水面を目指すように体を起こした——

「いつもそこで目が覚めるんだ」

石は無表情に言った。

「このところ毎晩、こんな夢を見る。呪われてるのかねえ」

うううん、と腕を組んで唸《うな》った琬圭は、「ちょっと待っていてください」と言い置き、離れに向かった。

櫃《ひつ》にしまい込んでいた護符をとりだし、石のもとに戻る。この護符は李《り》道士が作ったものだ。以前、李道士に助けられたさい、彼は護符を何枚か置いていったのだ。

「気休めかもしれませんが、よかったら持っていってください」

石の悪夢は単に疲れから来ているのかもしれないし、そうであれば護符など効き目はない。それに石は、幽鬼《ゆうき》だの神仏だのといったものを、てんで信じていないのだ。

だが、琬圭の気遣いに感謝してか、「ありがとよ」と石は素直に護符を受けとった。

「下男についても、私のほうでよささうな人をさがしておきましょうか」

「そうだなあ。おまえさんに頼んだほうがいいかもしれんな。頼むよ」

琬圭が快諾すると、石は帰っていった。身元と人となりのたしかな下男となると、父に斡旋《あっせん》を頼んだほうがいいだろう、と考えつつ、琬圭も部屋を出る。

離れに戻る途中で、厩《うまや》のほうに足を向けた。さきほど離れに戻ったとき、小寧《しょうねい》はいなかった。庭にもいないので、となると厩のほうだろう。思ったとおり、厩のほうから話し声が聞こえた。

「じゃあ奥様、馬には乗ったことがないんですか」

梅花《ばいか》の声である。飛雲《ひうん》の世話をしているのだろう。もうすっかり張家楼に馴染んでいる。小寧にもだ。

「ないわ。だって、馬より雲のほうが速いんですもの」

「え？　雲？」

小寧の返答に、梅花がきょとんとしている。琬圭はあわててふたりのもとへ駆けよった。

「飛雲の調子はどうだい？」

「あら、旦那《だんな》様まで。元気ですよ」

梅花がふり返って笑う。「奥様もこの子を気にして、ときどき見に来てくださるんですよ」

琬圭はうなずく。知っている。

「飛雲は、きれいな瞳をしているのよ」

小寧が妙に真面目くさった面持《おもも》ちで言う。「龍の瞳に似ているわ」

「え？　龍？」

　また梅花が目を丸くする。琬圭は「龍の掛け軸が離れにあってね」とごまかした。

「飛雲の目のよさがわかるとは、姐《ねえ》さんはさすがだね」

　そう笑うのは、蘭芳《らんほう》である。飛雲の向こう側にいる。幽鬼なので、その姿はもちろん梅花には見えていない。

　褒められて小寧は得意そうな顔をしている。ほほえましく眺めていると、つと小寧が琬圭のほうに目を向けて、眉をよせた。なにか不機嫌にさせるようなことをしただろうか、と思ったが、どうも違う。小寧は琬圭のすこしうしろあたりをじっと見ているのだった。

「あなた……なにかいやなものを拾ってきたのではない？」

　ええ？　と琬圭は背後をふり返る。なにも見えない。

「姐さん、俺にはなにも見えねえぜ」

　蘭芳も首をかしげている。

「はっきりいるわけじゃないけど……なんだかいやだわ」

　小寧は眉をひそめた。「縁起の悪い話でもしていたの？」

「奥様は、不思議なものがお見えになるんですか？」

　梅花が興味を引かれた様子で口を挟む。

「見えるわよ」当然だと言いたげに小寧は答えた。「だって、わたしは――」

「小寧」琬圭はあわてて小寧の言葉を遮《さえぎ》る。

「なによ?」と小寧は口を尖《とが》らせた。

「ええと――なんでわかったんだい? たしかに、さっき石さんと縁起の悪い話をしていたよ」

「厄《やく》がまとわりついているように見えるから。そういうのは、言葉に寄ってくるのよ」

「へえ……」

「縁起の悪い話ってなんです?」と、梅花が問う。

「ちょっとした幸運と不運の話かな」

琬圭は、石から聞いた話を語った。寄附舗の馮の話。下男を馘首にした話。石が見る夢の話――。

「馮さんのことなら、あたしも小耳に挟んだことがあります。石さんがかかわってたんですねえ」

石はときおり張家楼の食堂を利用するので、梅花も知っている。

「ちょっと」

と、小寧が怒ったような声をあげた。

「どうしてそんな話をするのよ。言葉に寄ってくるって言ったでしょう。おやめなさいよ」

「ああ、うん――」

琬圭はうなじを掻《か》いた。梅花に訊かれたので、つい話してしまった。

「すみません、奥様。あたしが訊いてしまって」

「話すほうが悪いのよ」

小寧は梅花には甘い気がする。いや、琬圭に辛いのか。

「縊鬼《いき》の話は、してはだめなのよ。お父様だって言ってたわ」

縊鬼――首をくくって死んだ幽鬼のことだ。

「義父《ちち》上が？　なぜだい？」

「縊鬼は、生者に首をくくらせようとするから。――その石って人も、縊鬼に魅入られているんでしょう。だから夢を見るのよ」

琬圭は驚いて、

「じゃあ、石さんは危ないのかい。さっき、義父上の護符を渡しておいたけど」

「それなら大丈夫よ。夢に見る程度なら、お父様の護符で消えてしまうわ」

ほっと胸を撫《な》でおろす。小寧はちらりと琬圭を見た。

「他人の心配より、自分の心配をしたほうがいいと思うわ。縊鬼に気に入られないようにしてちょうだい」

――どうやって？

と訊くよりさきに、小寧はさっさとその場を去っていった。

「護符がおありになるんだったら、戸口に貼るなり、お持ちになるなり、したらいいんじゃありませんか」

梅花に言われて、なるほど、と思う。

「そうするよ」

「なにかあったら、俺も駆けつけるぜ、兄い」

蘭芳が言う。

「ありがとう」

琬圭の言ったお礼は、梅花と蘭芳、ふたりに向けたものだった。

小寧のあとを追い、琬圭は離れに向かう。門のところでふり返ると、梅花は飛雲の体を藁《わら》で拭いてやっていた。その様子を蘭芳は飛雲の首を撫でながら、微笑を浮かべて眺めている。「ずいぶん機嫌がいいわねえ、飛雲」と、梅花はうれしそうに笑っていた。

その晩のことである。就寝の準備をしていた琬圭は、ふと手をとめた。

外で地面を踏む足音が聞こえた気がしたのだ。小間使いだろうか、と扉をうかがう。だが、呼びかける声はしない。けげんに思って、扉を開けた。誰もいない。ただ夜の闇が広がっているだけだった。

琬圭は一歩外に出て、左右を眺める。旅館のほうに煌々《こうこう》と灯《とも》る明かりが見えるが、やはり近くに人影はなかった。首をかしげ、扉を閉じる。

足もとがひやりとした。

——なんだか、今夜は冷えるなあ。

春でも夏でも、ときとしてやけに冷える晩がある。寒さに慣れていない時分だから、うっかりすると琬圭などはそれで熱を出すはめになる。

「今夜はあたたかくして寝ようかな」

ひとりごちて寝室に入ると、櫃から掛布をもう一枚とりだそうとした琬圭は、身をかがめたところで動きをとめる。

視界の端に、なにか黒いものがよぎった気がした。

戸口のほうだ。隣の部屋との扉は開け放ってある。

そちらをふり向く。なにもない。

——気のせいだろうか。

だが、さきほどの足音のこともある。盗人《ぬすびと》だったら、一大事だ。足音を忍ばせ入り込み、身を隠しているのかもしれない。

こういうとき、そばに小間使いのひとりも置いていないのは心細い。

——そうだ、小寧は……。

琬圭は顔を天井に向ける。小寧は大丈夫だろうか。幽鬼や妖魅《ようみ》には強い彼女だが、はたして人間相手にも強いのだろうか。

様子を見に行こう、と立ちあがる。その視界の隅《すみ》を、やはりなにかの影がよぎった。はっとふり向く。

隣の部屋に、影が落ちている。

開いた戸口から、床に落ちた影だけが見えている。大人ひとりの影だ。

琬圭の胸が大きくひとつ跳ねて、早鐘を打つ。そっと近づこうとして、足をとめた。この影は、どこかおかしい。

揺れている。影はゆっくりと左右に揺れていた。

ぎっ……ぎっ……、と揺れに合わせて、木が軋《きし》むような音がする。

琬圭は、息をひそめた。さきほどよりも鼓動が速まる。懐《ふところ》に手を入れる。そこに護符を入れてあった。指が護符に触れる。

影の揺れがとまった。軋む音もやむ。

護符をとりだす。影は動かない。琬圭は一歩、足を踏みだした。さらにもう一歩。あと二歩ほどで隣の部屋に辿《たど》り着く。

また足を踏みだしたとき、影がしゅるりと引っ込んだ。消えた、というより、うしろへ引っ込んだように見えた。琬圭は思わず追いかけて寝室を出た。

なにもない。影があった場所にも、そのうしろにも、なにもない。ただ壁と格子《こうし》窓があるばかりだ。室内は燭台《しょくだい》の明かりがあるだけで、薄暗い。

ふいに、首筋のあたりを冷たい風が吹き抜けた。鳥肌が立つ。燭台の火が消えた。暗闇に火が消えたあと特有の煙くささが漂う。

格子窓から、薄い月明かりがさしている。だが己の周囲は真っ暗で、まるで目が慣れてこない。墨で塗りつぶしたようだ。

格子窓の手前に、なにかぶらさがっている。輪を作る紐のようなもの。

ぎっ……ぎっ……、と、音がする。紐の輪が左右に揺れだす。

それに目を奪われた琬圭の手から、一陣の冷ややかな風が、護符をするりと奪っていった。

「あっ」

と、護符を追って振り返った琬圭の首に、背後からなにかが巻きついた。

首が締めあげられる。瞬時に息がつまり、琬圭は手足をばたつかせた。手で背後にいる何者かをさぐるが、そこにはなにもない。なぜだ。では、首を締めあげているのは誰なのだ。琬圭はわけがわからなくなる。息が苦しく、頭がぼうっとしてきた。目がちかちかする。

夢中で動かした足が長椅子《いす》にあたり、大きな音を立てる。あたった脛《すね》が痛むが、それどころではない。

ふう、と鼻先を濃いにおいがかすめる。なんのにおいだったか、甘ったるい花のような、これは——そうだ、白粉《おしろい》のにおい。

「兄い！」

蘭芳の声がした。その途端、首を絞めていたものが離れる。急に喉《のど》が楽になって、琬圭は咳《せ》き込んだ。

あたりがぼんやりと明るくなる。燭台に火が灯されたのだ。

「大丈夫かい、兄い」

うずくまった琬圭のそばに、蘭芳がかがみ込む。琬圭はうなずいた。声を出そうとすると咳き込んでしまう。喉をさすり、息を整え、琬圭はようやく口を開いた。

「た……助かったよ。ありがとう」

出た声はしわがれていた。喉が痛い。

「いや、俺じゃねえよ。姐さんだ」

「え?」

顔をあげると、小寧が卓のそばに立っていた。手に燭台を持っている。火をつけてくれたのは、彼女らしい。

小寧は、冷ややかなまなざしで琬圭を見おろしていた。

「ほら、ごらんなさい。わたしの言ったとおりでしょう」

「な……なにがだい?」

痛む喉をさすりながら、琬圭は立ちあがる。

「あなた、縊鬼を呼び寄せてしまったのよ。あんな話をするものだから」

「縊鬼……」

琬圭は格子窓のほうをふり返る。そこにはもう、揺れる紐の輪はない。

「姐さんが来たから、縊鬼は逃げちまったんだよ。危ないとこだったぜ、兄い」

どうやら蘭芳が小寧を呼んできてくれたらしい。小寧が来なかったらどうなっていたことか、考えるだに恐ろしい。琬圭はいまさらながら、ぶるりと震えた。

「怖がりなんだか、怖いもの知らずなんだか、わからないわね」

小寧はため息をついた。

「もっと用心なさいよ。こんなことでいちいち助けに来るのは面倒だわ」

そう言いつつもこうして来てくれているあたり、小寧はなんだかんだで見捨てられない性分なのだろう。

「さっきの縊鬼は、話していた例の馮さんなのかな？」

「さあ、知らないわ。わたしはその人に会ったことがないもの」

たしかにそれはそうだ。琬圭も当人を知らない。いずれにしても、冥府《めいふ》に旅立つことができていない死者だということだ。

「あの縊鬼を冥府へ送りたいなんて思っているなら、おやめなさいよ」

小寧が眉根をよせて言う。

「いや、まあ、私は道士ではないからね、そんな真似はできないけれど」

琬圭の脳裏にあったのは、首を絞められているときにふと香った、白粉のにおいだった。

琬圭は夢を見た。

店舗のなかにいる。台には金銀の細工物、陶器、硯《すずり》などが並んでいるが、どれもあまりぱっとしない。値打ち物はないようだ。

奥が住居になっている。足を踏み入れる。薄暗い。客間なのだろうか、調度品は乏《とぼ》しく、卓と厨子《ずし》は飾り気がなく古びている。室内には寒々しさが漂い、埃《ほこり》っぽく、黴《かび》臭く、食べ物が腐ったようなにおいもする。

さらに奥から、物音がした。物が倒れる音、ぶつかる音、呻《うめ》き声。そちらに足を進める。

一室で、男がうしろから女の首を絞めていた。男は四十がらみで、痩《や》せこけて目ばかり炯々《けいけい》として血走り、額《ひたい》には青筋が浮かんでいる。女も四十過ぎか、太り肉《じし》で、たっぷりと塗った白粉が涙とよだれで剝げ、赤い唇から舌がはみ出ていた。白い首の肉に紐が食い込み、その紐を持つ男の手は震えて血がにじんでいる。

ぐうう、と女の喉から呻き声が洩《も》れる。剝げた白粉の下の顔は、赤黒く鬱血《うっけつ》していた。男はなおもきつく紐を締めあげる。女の両腕がだらりとさがる。首がかくりと傾き、髷《まげ》が崩れた。口からはみ出た舌が芋《いも》虫のようだった。

女が息絶えたと見えてからも、男は長いあいだ手を緩めなかった。しばらくして、ようやく男は脱力する。尻餅《しりもち》をついた男の上に、女の骸《むくろ》が被さる。

「ひい」

今まさに己で息の根をとめた女であるのに、男は恐れるようにあとずさった。ひきつった顔で女の変わり果てた顔を見ている。

男は額の汗をぬぐう。手についていたのか、白粉が額を汚した。男はよろよろと立ちあがり、女の腋《わき》の下に手を入れると、ずるずると奥のほうへ引きずってゆく。無表情だった。いっさいの感情を取り去った顔をしていた。

男は女の髪から釵を引き抜くと、それで敷き詰められた床の磚《せん》の端をつつき、剝がしはじめた。床下の土が現れる。女ひとりぶんが入るほどの大きさまで磚を剝がす。そのあと、男は鋤《すき》を持ってきて、土を掘った。

湿った土のにおいがする。

そこで目が覚めた。


翌日、琬圭は出かけた。蘭芳が一緒についてくる。

「兄いもおかしな人だねえ、わざわざ縊鬼の住んでたとこを見に行くなんてさ」

「まあ、馮さんが昨夜の縊鬼と決まったわけじゃないからね」

琬圭は、馮の寄附舗を訪れるつもりなのである。今現在、寄附舗は空き家になっており、馮が首をくくった場所であるせいで、買い手がつく気配もないという。

「姐さんも誘ったらよかったのに」

「いや……うん、それはまた今度」

あの夢がどういう意味を持つのかわからないが——と、琬圭は息をつく。ほんとうだったら、いやなものを見つけねばならなくなる。

——馮の奥さんは、間男と逃げたという話だったが……。

それはたしかなのだろうか。

「ここだね」

馮の寄附舗は、珠玉肆《しゅぎょくし》が集まっている界隈《かいわい》にあった。珠玉肆で寄附舗を兼ねているところも多いので、そのためだろう。

表の扉は色褪《あ》せ、薄汚れている。昨日今日の汚れではないから、もとからろくに拭き掃除もしていなかったのだろう。扉の横の格子窓からなかを覗《のぞ》く。薄暗くてよく見えないが、商売品を置く台があるようだ。琬圭は夢で見た光景を思い出した。

馮は遺族もいないため、この空き家は珠玉肆の組合が管理している。組合から借りてきた鍵で錠を開け、なかへ入った。

なかは埃っぽく、琬圭は即座にくしゃみが出た。手巾で鼻を押さえ、奥へ進む。奥は調度品の乏しい客間だった。夢で見たとおり。

「兄い。いけねえ」

蘭芳が注意をうながす。「奥になんかいるぜ」

琬圭は懐を押さえる。そこに護符を持っていた。

ぎっ……ぎっ……、と軋む音が響く。戸口から床に落ちる影が見える。影は左右に揺れていた。

琬圭は、ふうとひとつ息を吐くと、かまわず影の見える部屋へと足を踏み入れた。蘭芳があわててあとをついてくる。

「兄い――うわっ」

部屋に入ると、男が揺れていた。梁《はり》に紐をかけ、それで首をくくり、揺れている。

生者でないのは、すぐにわかった。男は紐に首を締めあげられ、顔は鬱血し、舌は口からだらりとはみ出し、目は飛び出さんばかり――その目で、琬圭を見おろしていた。見おろして、笑っていた。

痩せこけた、風采《ふうさい》のあがらない男である。あの夢で見たのとおなじ。馮だろう。

男はなおも揺れている。しだいにその揺れが激しくなる。右に、左に、振り子のように揺れる。

「こりゃあ……」気味悪そうに蘭芳は顔をしかめる。

琬圭は護符をなくさぬよう、きつく衣の上から押さえて、奥の部屋へと足を向ける。男の揺れがぴたりととまった。笑みが消え、飛び出しそうな目がじいっと琬圭を凝視している。琬圭は息が荒くなるのを感じながら、そろりと動いた。

奥の部屋へと視線を移す。その瞬間、懐で紙の破れる音がした。ぎょっとして手を入れると、護符がびりびりに破けている。

ひやりとした風が首筋を撫でた。

「もう外に出たほうがいいぜ、兄い」

「うん、わかってる。ただ、ひとつだけたしかめたい」

琬圭は奥の部屋へ飛び込んだ。敷き詰めた磚が土で汚れている。隅に釵が落ちていた。釵を拾いあげ、半ば浮きあがっている磚の一枚を剝がした。やわらかな土が現れる。掘り返した土だ。

背後でバタン！　と大きな音があがった。扉が閉まっている。琬圭は扉に飛びつくが、押しても引いてもびくともしない。たたくと、粗末な板戸であるのに、まるで鉄のように硬く、手が痛んだ。

「兄い、大丈夫かい？」

扉の向こうで蘭芳の声がする。

「ああ、なんともない。しかし、扉が開かないんだ」

「俺だけならすり抜けられるが、それじゃあ、しかたねえからなあ。――よし、わかった。やっぱり姐さんを呼んでくる。ちっとばかし待っててくれ」

『ちっとばかし』とはどれくらいか――と訊く前に、蘭芳は行ってしまったらしい。

――どのみち、開かないものはしかたない。

琬圭はふたたび剝がした磚のところへ戻ると、ほかの磚も剝がしはじめた。剝がせるだけ剝がしてゆく。夢で見たような大きさまで剝がせた。琬圭は土の表面を撫でる。掘り起こすには道具がない。

ぎっ……、と背後で音がした。背筋がぞくりと冷える。白粉のにおいがする。琬圭は、ぱっとふり返った。目の前に、鬱血した男の顔があった。首に紐が巻きついたままだ。

琬圭の首に、しゅるりと紐が巻きついた。男が紐を締めあげる。首が締まり、息がつまる。やはり、縊鬼は馮だったのだ。

男の手から、白粉のにおいがぷんと香った。女を絞め殺したさいに、においが移ったのだろう。

ぼこ、と音がする。なんの音かわからない。ぼこ、ぼこり。うしろから――磚を剝がした土のほうから聞こえる。

ぼこぼこっ……とつづけざまに音がしたと同時に、強烈な腐臭が鼻をついた。背後から影がかかる。首を締めつける力が緩んだ。琬圭は体をひねって横に倒れると、うしろから男めがけて黒いものが飛びかかった。ぎゃあっ、と男の悲鳴があがる。黒いものは、土で汚れた、女の体だった。襦裙《じゅくん》を身にまとっているが、体は腐り、正視に耐えない。琬圭はとっさに袖《そで》で鼻を覆《おお》う。首を絞められていたのもあり、呼吸が苦しく、意識が遠のく。

男の姿は消え失せた。女は、その場にばったりと倒れる。

琬圭もまた、横たわり、気を失った。

小寧が駆けつけたとき、琬圭は腐った骸のそばで倒れていた。つかの間、小寧は立ち尽くしたが、琬圭のもとへ駆けよった蘭芳の「気を失ってる」との言葉に息を吐いた。息をとめていたことにそのとき気づいた。それほど衝撃を受けた自分に驚く。

――死んだかと思った。

それでどうしてここまで心乱れるのか、ゆっくり考えている暇はなかった。骸のにおいがひどい。小寧は顔をしかめ、琬圭の足首をつかむと隣の部屋まで引きずっていった。途中、戸口で琬圭の頭をぶつけてしまったが、幸いそれで彼は目を覚ました。

「うう……」

呻き声を洩らして琬圭は目を開ける。ぼんやりとしている彼をよそ目にして、小寧は扉を閉めた。これでいくらかにおいはましになる。

「あの骸はなに？」

詰問すると、琬圭は驚いた顔で小寧を見あげた。

「小寧、来てくれたのかい」

ぶつけた頭をさすりながら、琬圭は身を起こした。

「蘭芳がうるさいんだもの」と、小寧は蘭芳のほうを見た。

「そんなこと言って、姐さん、泡食って飛んでったじゃねえか」

「嘘《うそ》おっしゃい」

小寧はにらむが、蘭芳は笑っている。

「飛んで？　小寧、雲を使ったのかい」

とくべつなとき以外、雲は使ってはいけないと小寧は琬圭に言い聞かされていた。

「仕方ないでしょう。蘭芳が急《せ》かすんだもの。人目につくのがだめなんでしょう？　だから、目立たないよう屋根におりて、窓を蹴破《けやぶ》って入ってきたのよ」

「へえ」琬圭は目をみはる。「ちゃんと考えているんだね」

「あなたはわたしをなんだと思っているのよ」

小寧はムッとした。「小さな子供じゃないんですからね。それくらい、考えるわよ」

琬圭はときどき、小寧をほんの幼い子供だとでも思っているのではないか、という気がする。

「いや、ごめんよ。私の言ったことを、ちゃんと覚えてくれているのだなと思ってさ」

あわてたように言って、柔和にほほえむ。琬圭の物腰はいつでもやんわりとして、小寧がいくら刺々《とげとげ》しい態度をとっても、その棘《とげ》がずぶずぶと沈み込んでゆくようだった。それに戸惑う。小寧は、自分が苛立《いらだ》っているのか、なんなのか、よくわからなくなってくる。どうしてこうも心が乱されるのか、わからない。

「で、兄い。あっちの骸はなんだい」

蘭芳が親指でさきほどの部屋のほうを指さす。

「馮さんの奥さんじゃないかな。床下に埋められていたんだ。おそらく馮さんが首を絞めて殺した」

琬圭は、馮の幽鬼に襲われたこと、そのとき土のなかから骸が現れて馮に飛びかかったこと——といったことを語った。

「護符は？」と小寧が問うと、「破れてしまったよ」と琬圭は紙の切れ端を見せた。

小寧はため息をついた。

「護符があるからとたかをくくって、ここにやってきたの？　甘いわね。所詮《しょせん》は紙よ」

小寧の父が書いた護符とはいえ、そう頼れるものではない。

「まあ、はは……」図星だったのか、琬圭は頰を搔いて苦笑いしている。

「昨夜、兄いのところにやってきた縊鬼は、憑ってやつだったのかね」

「そうだと思うよ」そう言ってから、琬圭はすこし思案顔になり、骸のある部屋のほうを見た。

「あるいは——奥さんが骸を見つけてほしくて、ここにおびき寄せたのかもしれないね」

縊鬼の気配はもうしない。琬圭のうしろに影が見えることもない。冥府へと向かったのか。小寧にはそこまではわからず、また、興味もなかった。

「においが体に染みついてしまいそう。早く帰りましょうよ」

三人は寄附舗を出た。琬圭は「珠玉肆の組合長に知らせないといけないから」と、小寧を近くの売漿肆《ばいしょうし》へつれてゆき、待つよう言った。手渡された蔗漿《しょしょう》は甘くておいしかった。おかわりした。

「姐さんも、心配してたんなら素直にそう言っちまえばいいのに」

小寧に付き添う蘭芳が言う。

「心配……？　べつに、心配なんてしてないわよ」

「いらいらしてたくせに」

「それと心配とどう関係あるのよ」

「困ったもんだね、姐さん」

蘭芳はわかったふうな口をきいて、笑った。小寧には、わからない。

城市で商いをするうえでは、行《こう》という、同業組合がある。珠玉肆ならば珠玉行である。そこの組合長に馮の家で骸を見つけたことを伝え、犯罪捜査を行う県へ届け出てくれるよう頼み、小寧のもとへ向かった。

小寧は売漿肆でおとなしく待っていた。安堵《あんど》する。嫁《とつ》いできたその日から蔗漿を気に入っていたが、やはり好きらしい。蘭芳がついているが、傍目《はため》には身なりのいい若い娘ひとりであるので、周囲の人々はけげんそうに見ている。その美貌《びぼう》と衣の見事さに目を奪われてもいるのだろう。

「待たせて悪かったね」

「姐さんはおかわりしてたぜ」

小寧はおいしそうに二杯目の蔗漿を飲んでいる。そのおかげか、小寧の機嫌は直っているようだった。

琬圭は自身も蔗漿を注文する。馮の家でずいぶんな目に遭《あ》ったが、甘い蔗漿が舌と喉を潤し、ほっと人心地ついた。

珠玉行の者から聞いた話では、馮は石のかかわった例の一件で、細君からずいぶん責め立てられたらしい。平素から派手好きの細君はうだつのあがらない馮に嫌気がさしていたそうで、間男と逃げたという馮の説明に誰しも納得していたそうだ。

——奥さんを殺した馮さんは、自責の念に駆られて首をくくったのだろうか。

それとも、細君の幽鬼に責め立てられたか。

縊鬼と化した馮を捕まえるために、細君は琬圭を餌《えさ》として招き寄せたのではないか。

——奥さんは馮さんを捕まえて、冥府へと引っ立てていったのでは……。

地獄《じごく》へ送るために。

琬圭にはそう思えた。

白粉のにおいがまた、ふうと香ってきそうな気がした。

蔗漿を飲み干して、立ちあがる。

「せっかくだから、揚げ菓子か団子でも買って帰ろうか」

そう言うと、

「両方がいいわ」

小寧は答えた。琬圭は朗《ほが》らかな笑い声をあげた。

揚げ菓子と団子を買って張家楼に帰ると、離れで小寧の父、李道士が待っていた。

「どうなさったんです?」

突然の訪問に琬圭は面食らうが、思えばこの義父はいつでも神出鬼没であった。

「私の作った護符が働いたようなのでな、気になって様子を見に来た」

「ああ——」

琬圭は馮の件を話す。小寧はそんなことはどうでもよさそうに、さっそく揚げ菓子を食べていた。餅米《もちごめ》と芋を練り合わせて揚げた甘い菓子である。

聞き終わった李は、顎鬚《あごひげ》をしごいて、

「そちらではない」

と言った。

「え?」

「あなたは幽鬼妖魅を引き寄せやすいから、護符程度はものの役に立たぬであろう。代わりに小寧があなたを守るだろうから、案じてはおらぬ。『働いた』と言ったろう、毀損《きそん》した護符ではなく、役に立った護符がある。そちらが気になった」

「役に立った護符……」

「誰かにやったか？」

ああ、と思い出す。石だ。

「首をくる夢を見ると言っていた友人に、あげました」

効き目があったのかどうかは、まだ訊いていない。

「それだな」と李はうなずく。「その者の家に案内してくれ」

「はあ……かまいませんが」

——なぜ？

李は早くも腰をあげ、琬圭に案内を急かす。

「護符だけでは不完全なのだ。守りはするが、打ち破らねば——」

「打ち破る？」

「呪詛《じゅそ》ね」

小寧がもごもごと菓子を食べながら言った。口の端に菓子のくずがついている。

「その石って人は、呪われているんだわ」

琬圭は李とともに石の家へと急いだ。昼日中で、石が在宅しているかはわからない。

張家楼は市の北側にあるが、石の家もこの界隈にあり、ごく近所だ。肆《みせ》を構える商いではないので、家屋敷はこぢんまりしている。牙人としては代々、豪商に並ぶだけの財力を持っているはずだが、石の父も祖父も質素倹約を旨《むね》とする人であったらしく、石自身も贅《ぜい》沢《たく》に興味がないようだった。

隠者の庵《いおり》のような門をくぐり、石を呼ぶ。幸い、石は家にいた。顔色が悪い。

「夢は見なくなったんだが、妙な影がまわりをうろついている気がしてな」

そう言う石に、

「寝所を見せてもらおう」

と、李はずかずかと奥へ進んでいった。石はぽかんとしている。義父で道士なのだということを口早に説明して、琬圭はあとを追った。

李は一室の入り口に佇《たたず》んでいた。そこが寝室であるらしい。

「あなたには呪詛がかけられている。心当たりは？」

石は「ありすぎるな」と平然と答えた。商売柄、恨まれることも多いだろう。

「ふむ」

李は顎鬚をしごくと、懐から数枚の護符と銀の器《うつわ》をとりだした。器を床に置き、護符を入れ、燧石《ひうちいし》で火をつける。護符はみるみる燃えだした。ほとんどの護符はすぐ灰になっていったが、一枚だけ、栗《くり》が爆《は》ぜるように、ぱちん、と器から飛び出した。

驚く間もなく、それは寝台へと飛んでゆく。寝台が燃えるのでは、とあわてたが、火はすぐ消えて、護符も灰と化した。

「呪物は寝床にある」

李は言って、寝台の下を覗き込んだ。そこに目を向けたまま、琬圭と石を手招きする。

ふたりはそばに寄った。

「見てみなさい」と言われて、琬圭も石も覗き込んだ。

寝台の下、床になにかある。薄暗くてよく見えないが、木偶《でく》——木で作った人形のようだった。

李が手を伸ばし、それを引っ張り出す。やはり木を彫って作った人形だ。袍《ほう》を着た男の姿をしている。異様なのは、その首に紐が巻きつけられていることだった。

琬圭は眉をひそめる。石も気味悪そうに人形を見ていた。

「これは呪詛だ。あなたが首をくくるように、という。寝床の下にこんなものを忍ばせることのできる者は、限られているだろう」

石は顔をしかめてうなずいた。

「それなら……すこし前に馘首にした、下男だ」

「どこの出身かね」

「江南《こうなん》と言っていたかな」

「そちらの呪術師の家系なのかもしれんな」

李は人形を眺めていたかと思うと、両手で挟んで、ぐっと力を込めた。手のあいだで、ぼっと炎があがる。琬圭も石も驚いて身を引くが、李はなんでもないように両手を広げた。

そこには人形も、燃えかすも灰も、なにもなかった。

「これを行った者のもとに返した」

「返した……というと」

「報《むく》いを受ける。呪詛とはそういうものだ」

李は立ちあがると、袍の埃を手で払い、床に置いた器をとりあげ、部屋を出た。琬圭はそのあとにつづく。

あの呪詛をかけた者は、首をくくって死ぬのだろうか。そうしたら、その者はやはり縊鬼になるのだろうか。

そう思って、琬圭はぞくりと背筋が冷えた。このことは、口に出すまい、と思う。小寧が警告したように、呼んでしまっては、怖いから。

後日、石からお礼の品々が届いた。件《くだん》の下男については、市の西にあるとある商家で、新たに雇い入れた下男が首をくくって死んだという噂を耳にしたが、石はそれについてなにも言わなかったし、琬圭もまた訊かなかった。

お礼の品は多くが食べ物であったので、小寧が喜んでいた。

第四章 女神の宿

琬圭《えんけい》の父、張豊祥《ちょうほうしょう》は張家楼《ちょうかろう》の離れに向かっていた。うしろに絹の反物《たんもの》を山ほど担いだ手代をつれている。琬圭は商談で留守だが、用事があるのは小寧《しょうねい》なので、かまわない。

その小寧は露台の端に膝《ひざ》をつき、蓮池のほうに身を乗りだしている。なにをしているのだろう、と豊祥が眺めていると、小寧は蓮の葉に手を伸ばし、葉の上を転がる露《つゆ》を指先にすくいとっているのだった。

小寧の手にのった露は、どういう手妻《てづま》であろう、虹色の輝きを帯びた水晶へと変化した。それをくり返し、小寧は露から変じた水晶をひとつひとつ、披帛《ひはく》にのせてゆく。豊祥は目を丸くしてその様子を眺めていた。

——楼の三階から飛び降りたこととといい……。

さすが李《り》道士の娘御と言ったらいいのか。豊祥は感心していた。琬圭の体調がすこぶるよくなったのは事実なので、なんらかの道術の心得があるのであろう。なんにせよ、ありがたいことだった。

「なにをしているんだい？」

声をかけると、小寧はつと豊祥のほうに顔を向け、

「蓮の露を集めているの。これで首飾りを作るのよ」

と、大真面目な顔で言った。

「ほう、蓮の露の首飾りとは……風流だね」

変わった娘である。美しさもさることながら、浮世離れした佇《たたず》まいを持っていた。

「今日は君に選んでほしいものがあって、持ってきたんだよ」

豊祥はうしろの手代に合図して、露台の上で包みを広げ、色とりどりの反物を並べた。

「どんな色や柄が好みか知りたくってね。それで襦裙《じゅくん》を誂《あつら》えさせておくれ」

小寧はすこし首をかしげた。

「どういうこと？」

「君の衣装を私に作らせてほしいとお願いしているんだよ」

「どうして……？」

小寧は心底不思議そうにしていた。欲とは無縁の顔をしている。よほど裕福な暮らしをしてきたのか、そうした者特有の無頓着《むとんちゃく》さを感じさせた。小寧の背後には侍女がひとり控えているが、侍女もまた浮世離れした風貌《ふうぼう》をしている。

「私は君の舅《しゅうと》だからね。いや、そうでなくとも、あれやこれやと衣装を作らせたくなるだけの美しさを君は持っているんだよ」

それで誂えた衣装を着て評判になれば、豊祥の商いもまた評判になろうというものだ。といった考えはおくびにも出さず、豊祥はにこにこと小寧を褒め称《たた》えた。

褒められて小寧はまんざらでもない顔をしている。

「あら、そう……そういうものなの？　それなら、かまわないわ」

「よかった。じゃあ、このなかではどれが好きかな？」

あざやかな若緑に、紅に、石榴《ざくろ》色に、水色に……様々な色に加えて、そこに連珠《れんじゅ》や鳥、花、蔓草《つるくさ》といった柄を捺染《なっせん》、あるいは織り込んで、贅沢《ぜいたく》なものでは銀泥《ぎんでい》の箔《はく》で花鳥を描いている。小寧の目線はあちらこちらと移り、最後、桃色の反物でとまった。

「これかな？」と豊祥はそれを手にとる。種々の花を刺繡《ししゅう》したものだった。小寧はうなずく。

「とてもきれい」

「刺繡が気に入ったかね」

小寧はまたうなずいた。精緻《せいち》な柄の入ったものが好みなのだろうか。ほかに彼女が選んだのは、青磁《せいじ》色の地に銀泥で箔を施したものだった。豊祥は彼女の好む傾向がわかってくる。繊細な色合いと作りを好むと見た。思えば彼女の着ている白衣も繊細な螺鈿《らでん》のような輝きを持っている。どういった織物なのか、どこのどんな織り手が織ったものなのか、訊《き》いてみたくて仕方なかったが、どうも琬圭が訊いてほしくないようなそぶりであったので、豊祥はこらえている。

いくつか反物を選んでもらい、豊祥はそれらをより分け、手代に包み直させる。

「じゃあ、これで仕立ててみよう。できあがったら持ってくるよ。――先に帰っておいで」

豊祥は手代を帰らせて、改めて小寧に向き直る。実のところ、本題はここからなのである。

「まだすこしばかり、話をしてもかまわないかい?」

「ええ」

この嫁が己をいやがっていないのを、豊祥は察している。そうでなければ、足を運ばなかった。

「息子は、君に話をしただろう? ほんとうの母と父のことを」

小寧は問いを理解するようにすこし間を置いてから、うなずいた。

「それなら、私からも張家の事情というものを話しておいたほうがいいと思ってね……内情まであの子は話してはいないだろうから」

話してあったところで、はたして小寧がわかっているかどうか。現に今、小寧は小首をかしげている。

「私は妻がひとりと、妾《めかけ》が三人いる。それぞれに息子や娘がいる。妾のひとり、簫氏《しょう》という女性があの子の母親ということになっている。妾や子供たちは皆、体の弱い琬圭にやさしいが、妻はあまりやさしくない。あの子が私の実の子でもない、妹の子だからだ。わかるかな?」

「ええ……」

心許《もと》なげではあるが、小寧はうなずいた。

「この家族関係は、すこしばかり心にとどめておいておくれ。まあ、あの子が万事つつがなくやるだろうけれどね。実の父親側の親族が出てくると厄介《やっかい》だが、そういうことはないから」

「どうして?」

豊祥は言うかどうか迷った。言ったのは、小寧の瞳があまりに曇《くも》りなく、人間でないかのように澄み切っていたからだろうか。

「あの子の父親は、誰だかわかっていないんだ。妹は……神様だと言っていたけれどね」

「神様?」小寧は目をみはる。はじめて馴染《なじ》みのある言葉を耳にしたような顔をしている。

「どこのなんという神かしら？」

「うん？　いや、さあ……」

豊祥はそれを妹の嘘《うそ》だと思っている。

「……浣花渓《かんかけい》に遊びに行ったおりに、霧が出てね。それで妹はうっかり山間深くにまで入り込んでしまって、夕方まで行方が知れなかった。戻ってきたときには、霧で全身が濡れていたよ。そして言ったんだ。霧のなかで、とても美しい男に会ったと……」

光輝くような美しさで、とても人とは思えなかった。その男と夢のようなひとときを過ごして、気がつくとここに戻ってきていた——そんな話を、恍惚《こうこつ》とした表情で妹は語った。妹は城市でも評判の美しい娘だったので、行きずりのよからぬ男に騙《だま》されたに違いない、と両親も、豊祥も思った。だが、妹はあれは神だと譲らなかった。

「ひと月もたたぬうちに、妹の腹はふくらんできた。だからそれ以前からひそかに恋人がいたらしい、浣花渓での話は作り話だと、我々は思ったんだ。両親はふしだらな娘だと妹を責めたよ。妹は憤激して、身の潔白を示すために、身籠《ご》もったまま川に身を投げて死んだ。琬圭は、妹の骸《むくろ》からとりだした赤子だよ」

遠回しに言ったが、腹を割《さ》いてとりだしたのだ。妊婦のまま埋葬することは忌《い》まれている。赤子を胎内《たいない》からとりだして、身ふたつにして葬《ほうむ》らねば、執着が残り祟《たた》るというのだ。

死んだものとばかり思っていた赤子は、しかし、外気に触れたとたん産声《うぶごえ》をあげた。赤子は光をまとい、ほの白く輝いているように見えた。このとき豊祥は、妹が言っていたことは真実だったのやもしれぬ――と思ったのだ。神の子を身籠もった。いや、しかし、まさか。豊祥の思いはそのあいだで揺れつづけ、彼は神仏を忌避《きひ》した。屋敷では財神のひとつも祀《まつ》っていない。それでいて、李道士の言ったことをすぐ受け入れた。琬圭はやはり、人とは違うのだ、と。

今も豊祥は、己が妹の言ったことを信じているのか、いないのか、わからない。

「よく聞く話よ」

豊祥の物思いは、小寧の言葉によって破られた。豊祥はつかの間、彼女の言った意味がわからず、ぽかんとした。

「え？　なんと？」

「だから、よく聞く話だわ。龍でも神でも、そういうことをするから。霧のなかで交わるの。この近くの話なら、ここの土地神のしわざかしら」

豊祥は口を開けたものの、言葉が出てこなかった。小寧がなにを言っているのか、よくわからない。

「つまり――君は――妹の言ったことが、真実だと？」

小寧はきょとんとして、澄んだ瞳で豊祥を見返した。

「真実じゃない必要があるの？」

きっぱりとした物言いに、豊祥は体の芯を殴られたような気がした。必要はない。妹が言うなら、それが真実でよかった。豊祥はただ、信じればよかっただけだ。真実でない必要などなかった。

——これに気づきたくなかったからだ。

神を信じているのか、いないのか、曖昧《あいまい》にしていたのは、だからだ。皆でそろって妹を追いつめた。己だけでも信じてやればよかった。そのことに気づきたくなかったのだ。

苦い思いを呑《の》みくだし、豊祥は顔を手のひらで撫《な》でた。

「調べればわかると思うけれど」

小寧が言う。

「なにをだい？」

「その神が何者か」

「いやあ……」豊祥は戸惑う。なぜ小寧が調べればわかるのか。どう調べようというのか。

「そこまではいいだろう。琬圭が知りたいというならべつだがね」

よくわからず、豊祥はそう答えた。ふうん、と小寧は言っただけだった。

風が吹き渡り、蓮池の蓮からひと粒、ふた粒と水滴が飛んだ。小寧がそちらに手を伸ばすと、手のひらに落ちた雫《しずく》は水晶へと変わった。小寧はそれを披帛にまた並べ置く。豊祥は己が仙境にいるかのような心地がした。妹が身籠もったとき、世にも不思議なこの娘を知っていたら、なにか違っていたのやもしれぬ——詮《せん》ないことを思い、豊祥は蓮池に目を転じた。水面《みなも》には、夏の陽光がまばゆく降りそそいでいる。

琬圭はその日、張家楼に宿泊している客商とともに市の金肆《きんし》を訪れ、商談をまとめていた。

売買の斡旋《あっせん》、仲介は牙人《がじん》の領分だが、ときとして張家楼のような旅館もこれを行う。こうした取引は市署《ししょ》に申告して、そのぶん税を納めねばならない。

お上はなにかにつけて税を徴収してゆくものだが、裕福な商人であればあるほど、それは重い。ことに安史《あんし》の乱以降、民衆が土地を離れ、戸籍からの徴税が成り立たなくなったことで税法が変わり、専売税だの商税だの茶税だのと、あからさまに商人階級から徴収しようという考えがうかがえる。

それだけ売買交易が活発になり、商人の力がついてきている証左でもあった。

その甲斐《かい》あって国家財政は持ち直し、軍に金をつぎ込み、外敵や地方に跋扈《ばっこ》する藩鎮《はんちん》を抑え込もうとしている。前年、この地方の西川節度使《せいせんせつどし》が討伐されたのも成果のひとつである。

それを支えるために多額の税を納めねばならぬほうはたいへんだが、張家などは、だからこそさきの梅花《ばいか》の一件のように、権力者にも顔がきくのである。持ちつ持たれつというべきか。

とにもかくにも真面目に税を納めるために琬圭は官印用紙に署名をして、家路につく。その途中、姿を見ないと思っていた蘭芳《らんほう》が、ふらりと近づいてきた。

「張の兄い、ちょいとこいつの話を聞いてやってくれねえか」

こいつ、と蘭芳はうしろにいる青年を指さした。悄然《しょうぜん》と肩を落とした、書生ふうの若者である――むろんのこと、幽鬼《ゆうき》だ。

琬圭はお供の下男に「私は寄るところがあるから、さきに帰ってくれ」と言い置き、人気《ひとけ》のない細い小路に入る。むやみと蘭芳に受け答えしては、ひとりでしゃべっているおかしな男だと思われる。

「どうしたんだい、その彼は」

「市のなかをふらふらしてたからさ、話を聞いてみたんだよ。なんてったっけな、河南《かなん》のほうの出だっけか、進士《しんし》に及第したはいいが、京師《みやこ》じゃ官に就けなくて、幕僚に雇ってもらおうと旅してたんだと」

官吏《かんり》登用試験たる貢挙《こうきょ》に合格しても、さらに別途採用試験を受けねばならず、これに合格できず官吏になれぬ者は多くいる。そうした者は地方の藩鎮で働くべく京師——上都長《じょうとちょう》安《あん》から流れてくる。藩鎮つまり地方の軍閥《ぐんばつ》だが、その長官である節度使は、彼の裁量によって幕府で働く部下を雇えるのだ。

「その旅の途中で、盗賊《とうぞく》に襲われて殺されちまったらしいんだな。で、それから放浪してるらしい」

「……私は……」

弱々しい声で青年が口を開いた。

「どうしてここにいるのか、わかりません。ただ私は……さがしているだけで……」

「どうしてかって言ったら、兄いに引き寄せられたんじゃねえか？　さがしてるって、なにをだよ？　それとも、『誰を』か？」

「ひとりの女を……恋人をさがしているのです」

蘭芳がひと呼吸置いたあと、「そうか」としんみりとした口調で言った。

「その女は、生きてるのかい」

「わかりません。ですが、私が賊に襲われたとき、ともにいたのです。とても無事でいるとは思われません」

そう言って青年は、ほろほろと涙をこぼした。蘭芳は「ううん」と唸《うな》って腕を組み、天を仰ぐ。琬圭もなんとも言えない。最悪は殺されているだろうし、そうでなくとも売られているか、賊の慰《なぐさ》み者になっているかだ。

「どういう女なんだ？」蘭芳が訊く。「旅をしてたんなら、どっかの城か村かで出会った女かい？」

「いいえ、彼女は……」鼻をぐすぐす言わせながら、青年は言葉を紡《つむ》ぐ。「梓《し》州へ向かう旅路のさなか、その日は村の宿屋に泊まるつもりが、あいにく村に着く前に日が暮れてしまい、虎《とら》や賊に襲われてはかないませんから、どこか安全に野宿できるところをさがしていたのです。そうしましたら――」

竹藪《やぶ》のなかに、ぽつんと神廟《しんびょう》があったのだという。

「古くて粗末な廟で、お詣《まい》りも絶えて久しいのか、手入れも行き届いておりませんでした。なんという神を祀った廟なのか、額もなく判然としません。ただなかに像が一体、安置されておりました。埃《ほこり》まみれになっておりましたが、美しい顔をした女神の像でした。私はつれていた下僕たちに廟内を掃除させて、ここを今晩の寝床にお借りすべく、女神に香を捧げ、あいさついたしました。そして私は廟内に、下僕と驢馬《ろば》は軒下《のきした》で休むことにしまして……」

旅での野宿はめずらしくなく、旅人は寝床を携帯しているものである。加えて銅銭を持ち歩くのは重いので、貨幣《かへい》代わりに多くの絹を持っている。それらを運ぶために荷物運搬《うんぱん》夫と馬、あるいは驢馬が必要で、どんな貧乏書生でも旅のさいには馬、驢馬を一、二頭、下僕をふたり以上つれているのがふつうであった。

「女神の像は私がきれいに拭きました。そうしましたら、色鮮やかに着彩された、見事な像だとわかりました。作りは素朴《そぼく》ですが、顔の目もとや笑みを浮かべた唇などに艶《つや》と情の深さがうかがわれるようで……私は見とれてしまい、心の高ぶりを抑えきれず、廟の朽ちかけた土壁に詩をしたためてしまったくらいです」

青年は思い出すようにうっとりと目を細める。

「嫋々《じょうじょう》たる雲鬢《うんびん》は梅香の如《ごと》く……明媚《めいび》は月下の牀《しょう》を玉で満たす……」

ぶつぶつとつぶやくのはその詩であるらしい。女神像の美しさを讃えているが、うまい詩ではない。よく貢挙に受かったものだ。

「私は横になり、像を眺めているうち、いつしか眠っていました。夜半に目が覚めたのは、寒さのためでした。すると枕元に、何者かが座っていたのです」

驚いたが、寝ぼけていて体はすぐには動かない。じっと息を殺して眺めていると、それは女らしいことがわかった。女が動いて、裙が床をこする。月光に照らされた女の顔は、美しかった。

「女は、自分はこの廟に祀られている女神の化身だと言うのです。言われてみればその顔は、像にそっくりでした。白い細面《ほそおもて》にすっきりとした眉、杏仁《あんにん》のような目……女は『柳《りゅう》娘《じょう》』とでも呼んでくれと言いました。私がこの廟を寝床として借りるあいさつをしたことと、詩を捧げたことに感じ入ったそうで、姿を現したのだと……それで……」

青年は羞《は》じらう様子で言葉を濁《にご》した。一夜をともにしたのだそうだ。

「柳娘が一緒につれていってくれと頼むので、驢馬に彼女を乗せて、私は旅をつづけました。石櫃《せきき》山の峠《とうげ》道にさしかかったとき、柳娘はしきりにべつの道を行こうと懇願してきました。いやな予感がするからと。なにせ女神の言うことですから、私はそれに従って、道を変えました。遠回りになるので、山道の途中で日が暮れかかってしまい、野宿しようと荷物をおろしていたとき、林のなかから賊が現れたのです。下僕たちは荷物を放りだし、一目散に逃げてゆきました。薄情なものです。私は柳娘を置いて逃げられませんから、あわてるうち、賊の刃《やいば》に貫かれて死んでしまったようです。そこからはよく覚えておりません。柳娘のかなしげな声が聞こえていたように思います。ああ……」

青年は長嘆息し、肩を落とした。琬圭はちらと蘭芳を見た。彼も琬圭を見て、何事か言いたげにしていた。たぶん、おなじことを考えている。

「――その柳娘って女はさあ、言いたかないが、ぐるなんじゃねえか？」

蘭芳がずばり言った。琬圭もそう思っていた。どう考えても胡乱《うろん》な女である。

「突然現れて、一緒に付き添って、道を変えさせた。そこに賊が出たってわけだろ。そりゃあ、あんた――あ、名前はなんだっけな」

「岑《しん》です。鄧《とう》州の岑氏の出です」

名門貴族ではなかったろうか、と琬圭は記憶をさぐる。いや、名門だったが没落したのだったか。中央の官僚のことは客商から話を聞くだけで、そう詳しくはない。

「岑さんよ、その女はきっと無事に生きてるよ。あんた、ていよく騙されたんだ」

「それは違います」

気弱そうな顔をしていながら、岑生《しんせい》は――書生の岑だから、こう呼ぶのがふつうである――きっぱりと言った。蘭芳も意外そうに口を閉じる。

「彼女が騙そうとしたのであっても、嘘をついたのであっても、それを信じて道を決めたのは私です。無理にあの賊が出た道につれていかれたのではありません」

そう言って、岑生はうつむいた。

「それで彼女が生きているのなら、むしろいいのです。私は救われます。でも、そうでなかったら……」

「あんた……」

蘭芳は感服したような声を出した。「見かけより気骨があるじゃねえか。俺ァ、あんたみたいなやつは好きだぜ」

「はあ」

琬圭は顎《あご》を撫で、考え込む。たしかに岑生が気にかけているのは柳娘が生きているかどうかであって、彼女が賊の一味かどうかはまた別問題である。

「梓州へ向かう途中と言ったね、岑さん。その辺を根城にしている賊がいるかどうか、うちの客に訊けば知っている人はいるかもしれない。あなたの言うような美女がもし賊の一味なら、それなりに噂《うわさ》になっているだろう」

岑生がはっと顔をあげた。幽鬼なのに顔に血の気がさしているように見える。

「ありがとうございます……！」

岑生は琬圭にとりすがろうとした。その手が触れたように思えた一瞬、氷があたったように鋭く冷えて、琬圭はぎょっとして身を引いた。一瞬であったのに、背筋にぞくぞくと寒気が走り、全身が冷えてくる。

——幽鬼とは、こんなに冷たいものなのか。

「いけねえ、兄い。早く帰らねえと」

琬圭はなんとか足を動かし表の通りまで出ると、そばの肆《みせ》の主人に頼んで轎《かご》を呼んでもらい、ほうほうのていで張家楼に戻った。番頭の朱《しゅ》たちが青ざめた顔の琬圭に驚いてあたふたとするのを制して、離れに向かう。高楼から小寧が出てきた。

小寧は琬圭を見るなり顔をしかめて、

「また、変なものを拾ったでしょう!」

と叱《しか》りつけた。

琬圭が返事をする前に小寧は手をとると、その手のひらに唇を押しつけ、ふうと息を吹きかけた。身のうちに新鮮な風が吹き抜け、次いであたたかな熱が巡る。寒気が消え、体はぽかぽかと、ひなたぼっこをしたかのようにあたたまっていた。

呆然《ぼうぜん》とする琬圭をよそに、小寧は手を放し、ふんと胸を張った。

「ほんとうに、手のかかる人ね」

「あ……ありがとう。助かったよ」

「そう思うなら、ああいうろくでもないものを拾ってこないでちょうだい」

小寧の視線が琬圭のうしろに向けられる。琬圭がふり返ると、申し訳なさそうな顔をした蘭芳と岑生がいた。

「姐《ねえ》さん、俺がついていながら、すまねえな」

「まったくよ。もっとちゃんとこの人を見張っていてちょうだい」

いや、そもそも岑生をつれてきたのは蘭芳なのだが……と琬圭は思ったが、黙っていた。

琬圭はまた旅館のほうへとって返すと、梓州方面を回ってきた客商に尋《たず》ねた。

「あの辺の盗賊？　さあねえ」

「俺は聞かないなあ。虎は出るって聞いたが」

「虎も賊もそりゃあ出るさ。あの辺は難所で山がちだからさ。え？　美女のいる賊？　そういう噂は聞かないねえ」

長安から成都《せいと》にやってくる客商は多いが、これといってひっかかる話はなかった。盗賊という点では。

「盗賊じゃあないけど、ひとつ捕り物があったな。もう一年くらいは前になるが」

「捕り物ですか。誰が捕まったんです？」

興味を覚えて尋ねると、その客商は話すのも気味悪そうに顔をしかめた。

「旅人を殺して、神への供物《くもつ》にするやつらが捕まったのさ。そういう村はときどきあるんだよ」

「神への……。生贄《いけにえ》ということですか？」

「そうそう。なんて神か知らんがね。そういう村は前々から噂になってるんだ。証拠はないから、おおっぴらに話しはしないがね。かかわりあいになるのも気味悪いしさ。薄々知ってるやつはその辺を通るのを避けるが、なにも知らない旅人は通っちまうからね、餌食《えじき》になるのさ。そうやって殺していたのがとうとうお上にばれて、一網打尽。全員、市に晒《さら》されたそうだよ」

処刑した骸を市で晒すのを、棄市《きし》という。そういう刑罰である。

「そのなかに、美しい女がいたという話は聞きませんか」

「いんや。そんな女の骸が晒されてりゃ、人の口にのぼるだろうよ。起きた事が事だしさ」

「そうですよね」

いずれにしても、柳娘らしき美女の噂はない。

どう考えたらいいだろうか、と琬圭は考え込んだ。

琬圭がそんな話を聞き込んでいるいっぽう、小寧は岑生から涙まじりに柳娘の話を聞かされていた。琬圭に語ったのとおなじ話である。

小寧は長椅子《いす》にもたれかかるように腰かけ、十四娘《じゅうしじょう》に団扇《うちわ》で扇《あお》いでもらいながら、棗糒《そうび》を口に運んでいた。棗糒は棗《なつめ》と澱粉《でんぷん》を混ぜて乾燥させた菓子である。甘酸っぱくておいしい。

「その娘が生きていようが、死んでいようが、あなたにはもう関係ないのに、どうしてそんなことを知りたがるの？」

小寧は岑生の訴えが心底不思議で、そう訊いた。岑生は洟《はな》をすすりあげる。

「関係ありませんが、知れば心残りがなくなると思います」

「ふうん……」

自分は死んでいるのに、どうして他人の生き死にが気にかかるのだろう。小寧には理解しがたい。

「そのあたりに、川はあったかしら。知り合いがいる川なら、わかることもあるでしょうけれど」

そう尋ねたのは、好奇心からである。岑生の心持ちに純粋な興味を抱いたのだ。

「いちばん近くの川は、嘉陵江《かりょうこう》でしたが……」

「嘉陵江ねえ。どうだったかしら」

そこで口を挟んだのは、十四娘である。

「たしか今時分、お父上が嘉陵君《かりょうくん》のもとへ向かってらっしゃるはずでございますよ」

「お父様が？　どうして？」

「姫様の結婚祝いをいただいたお礼に。ほら、先日、鏡をいただいたじゃありませんか」

「ああ、そういえば」

小寧の結婚のさいには、ほうぼうの川の神から祝いをもらっている。

「だったら、十四娘、ちょっと行ってきてちょうだいよ」

「嘉陵江へでございますか。わたくしひとりで」

「嘉陵江の魚でも蟹《かに》でも、好きに食べてくればいいわ。最近、膳《ぜん》に肉も魚もないと愚痴《ぐち》っていたじゃないの」

今月、五月は殺生《せっしょう》と漁猟《ぎょりょう》が法で禁じられているのだと琬圭は言っていた。だから食膳に肉や魚がのぼらないのだと。五月だけでなく、九月と正月もそうだという。この月に殺生をしなければいいのであって、塩漬けや乾物にした肉類は食べることができるから、まったく出てこないわけでもないが、やはり味気ない。龍宮ではそんなことはなかった。人間界の取り決めだから、人間だけが従えばいいのである。

面倒くさそうにしていた十四娘は、小寧の言葉を聞いて、俄然《がぜん》行く気になったようだった。目を輝かせて露台に出ると、ぴょんと蓮池に飛び込む。鼈《すっぽん》の姿に戻ると、そのまま水中に消えた。水を通って嘉陵江へ向かうのである。

岑生が目を丸くしている。小寧は岑生に顔を向け、

「その娘が女神の化身だとしても、死ぬときは死ぬわよ」

と言った。龍女である小寧の母が死んだように。

小寧は十四娘が蓮池に作った水紋を見つめる。

——お父様は、お母様がわたしを産んで死んだとき、なにを考えていたのかしら……。

生まれたばかりの小寧の龍尾を、誤って切ったという、そのとき。

小寧は、あえてそれを訊いてみようとは思わない。


道士李俊《りしゅん》は嘉陵君への使いを終えて、洞庭湖《どうていこ》へと帰ろうとしていた。

小寧のもとを訪れてもいいが、あまり頻繁《ひんぱん》に顔を出しても煙《けむ》たがられよう。用意した舟で川をくだろうと、乗り込もうとしていたときである。声が聞こえた。すすり泣く声だ。すぐ近くからではなく、どこからか風にのって切々と、か細く聞こえてくる。人の声ではない。しかし若い女の声であった。李俊がその声のもとへと足を向けたのは、若い女の声に娘を重ねたからである。

鬱蒼《うっそう》とした林のなかを進んでゆくと、声はいっそうはっきりとしてくる。やや開けた窪《くぼ》地《ち》で、ひとりの女がうずくまり泣いていた。

「どうなされた」

あらたまった声をかけたのは、女が幽鬼ではなく、妖魅《ようみ》のたぐいでもなく、神に近いものであると感じとったからだった。しかし、神にしてはずいぶんとかよわい、今にも消えそうな灯火《ともしび》のような存在に映った。

女は顔をあげる。楝《おうち》の花を思わせる、清らかな美しい顔をしている。

「己のふがいなさが口惜しいのです」

と、女は涙声で言った。

「私はこの近くの廟に祀られた、柳仙《りゅうせん》でした。ですが、今ではもうなんの力もありません。だから巫婆《ふば》に命じられるまま人を害して、大事な人をも喪《うしな》うことになったのです」

「柳仙……もとは北のほうの神ではございませんか」

たしか、蛇の神である。北方系の巫《ふ》――巫婆あるいは師婆《しば》などとも呼ぶ――の守り神でもあったはずだ。

女はうなずいた。

「私はひとりの巫婆によってこの地に祀られました。しかしいつしか香を焚《た》いてくれる者も絶え、ひっそりと力を失っていったのです」

人々の手向《たむ》けてくれる香、つまり信仰が絶えれば神も絶える。神も死ぬのである。

「ですが、あるとき見知らぬ巫婆がやってきて、私をもとのように祀ってやるから自分を手伝えと言ってきたのです……」

柳仙ははらはらと涙を流す。

「手伝えとは、なにを……」

柳仙は言い渋っていたが、遠回しに語った。ようは、その巫婆が住む村では人身御供のために旅人を殺しており、柳仙は旅人をたぶらかす役割を押しつけられていたのである。巫婆とはいえ人間が神を顎で使うとは。また、顎で使われる神がいようとは……。いくら祀ってくれる者が欲しくとも、手を貸す神がいようか、と李俊はさすがにあきれた。柳仙はしくしく泣いている。それほどまでに祀られたかったのか。

――神でも死ぬのは怖いのか。

李俊はふと、妻を思い出した。小寧の母である。

――彼女も泣いていたな……。

小寧を産み落とし、血の海のなかで、青白い顔をして泣いていた。今産んだばかりの娘を置いて死ぬことと、夫と死に別れることとを悟り、静かに泣いていた。李俊はあのときただ、妻を喪うことのみが恐ろしかった。妻の血にまみれて産声をあげる小さな龍が、妻を奪う化け物にしか思えずに、李俊は剣を振り下ろしたのだ。へその緒と誤って尾を切ったのではない。命そのものを断とうとしたのだ……。けっして小寧には言えぬことだった。

「柳娘娘《にゃんにゃん》、それで、大事な人を喪ったとは、どういうことなのです？」

李俊はやさしげな声を柳仙にかける。

「そのかたは、私の廟と像をきれいにしてくださって、私に詩まで贈ってくださったのです。私は、そのかただけは助けてあげたいと、いつもとは違う道を教えたのです。けれど……」

旅人を屠《ほふ》るべく待ち構えていた村人たちは、そうと察して先回りし、結局その旅人も殺してしまったという。

「そのかたが殺された場所が、ここなのです。村人たちは彼から肝《きも》のみえぐりだすと、骸はここに埋めました。以来、私はここを離れません。巫婆は怒り、私の廟も像もめちゃくちゃに壊してしまいました。私はそのうち消えてしまうでしょう。ただ、彼の骨が今もここにあることを思うと、離れられないのです」

柳仙は地面を愛《いと》おしげに撫でさすり、そこに突っ伏した。

人身御供を神に捧げていた村――たしか、近年、それが発覚して村人たちは軒並み処刑されたのではなかったか。その村のことだろう。

泣き伏す柳仙を放っておくわけにもいかず、どうしたものかと思案していると、

「あら、こんなところにおいででしたか」

と、とぼけたような女の声がした。ふり返ると、十四娘である。人の姿をして、ふうふうと息を吐き、額《ひたい》の汗をぬぐっている。

「おさがししましたよ。嘉陵君の門番は、あなた様はとうにお帰りになったと言うものですからね。ああ疲れた。陸路を歩くのは疲れますわ」

「なにか用だったか？」

「姫様のご命令で参りましたの。嘉陵君にお尋ねしたいことが――あら、そちらは？」

十四娘が柳仙に気づいて目をぱちりと見開く。近くの廟に祀られていた柳仙だと説明すると、「あらまあ」となぜだか驚いていた。

「まさかご本人と――人じゃないのだから、本神と言えばいいのかしら。本仙？　ともかく当たりくじを引きましたわ」

「どういうことだ？」

「このかたをさがしておいでの書生さんがいらっしゃるのですよ。岑さんとおっしゃいましてね」

その名に柳仙がはっと顔をあげる。

「岑様が、私をさがしていらっしゃると？」

「そうですよう」十四娘は柳仙に向き直る。「幽鬼になった今もあなたをおさがしですよ。無事なのかどうかお知りになりたいそうで」

「そんな……あのかたを死なせてしまったのは、私ですのに」

「それは知りませんけど。賊の一味だかどうかなんてことは、どうでもいいそうでございますよ。わたくしもあんまり詳しいことは存じませんから、お話ならご本人となさってくださいまし」

十四娘の口ぶりはそっけない。この鼈は昔からそうである。もとは小寧の母の侍女であった。だから小寧の母を死なせた李俊に対してはそっけないを通り越して冷淡である。

「では、どうか私を岑様のもとへつれていってください」

「あなた、神仙ですのにご自分で行けないのでございますか」

「もはやそれほどの力も残っておりません」

柳仙はうなだれる。十四娘は「あらまあ、そういうものでございますか」と淡々と応じている。

「嘉陵君にお頼みできませんの？　ちょっと力を貸すくらい、してくださるでしょうに」

「私はもともと、こちらの者ではないのです。北のほうから巫婆につれてこられまして……」

「まあ」

十四娘の顔にさすがに同情の色が浮かんだ。

「まったく、人間はろくなことをしませんわねえ」

これは李俊にも向けられた言葉である。

「ようございます。わたくしがおつれいたしましょう。嘉陵江から水に入りますよ」

ありがとうございます、と柳仙は伏し拝んだ。

「あなた様はおひとりでお帰りでしょうね?」

十四娘は李俊に向かって言う。問いかけではなく確認である。

「ああ。その前に、柳娘娘、あなたの廟と神像をもとに戻せるよう取り計らってみましょう」

「そのようなことができるのですか?」

柳仙は目をみはる。

「ここの州の刺史《しし》は古い友人です。頼めばどうとでもなりましょう」

廟と神像をもとに戻し、お詣りに来る者が増えれば、彼女の力も戻るはずである。

柳仙は何度も礼を述べながら、十四娘のあとについて去っていった。

琬圭が離れに戻ると、十四娘が嘉陵江まで使いに出たという。柳娘の行方、あるいは生死がつかめればいいが、と思っていると、蓮池から水音がした。

露台に出てみると、鼈が水面に顔を出している。十四娘だ。

「姫様、見つけましたよ」

小寧が蓮池に身を乗りだし、「なにを?」と問うた。

「ですから、柳仙ですよ」

「柳仙?」

「兄い、なんか出てくるぜ」

蘭芳が蓮池を指さした。

十四娘の背後から、するするとひとりの女が浮上してくる。女は水上に立ち、不安げなまなざしをあたりに向けた。その視線がつと岑生の上でとまる。岑生が、あっと大きな声をあげた。

「柳娘……!」

岑生は叫ぶなり、女のもとへと駆け寄った。蓮も水面もすこしも揺らぐことはない。蓮池の上で、岑生と柳娘は手をとりあった。

「柳仙というのは、北の蛇神のことですよ」

と、十四娘が言った。柳娘は、ほんとうに女神だったのか。手をとりあって涙ぐみ、何事か語り合っているふたりを琬圭は眺める。

「ちょうど姫様のお父上がいらっしゃって、柳仙の廟と神像を造り直してくださることになりました」

「あら、そうなの」

「さすればあの柳仙ももとの力が戻りましょう」

柳娘は神としての力が弱っていたそうな。十四娘があらましを語ってくれる。神でも弱れば人間などに利用されるのか、と琬圭は驚いた。

岑生と柳娘が寄り添ってこちらに歩いてくる。

「おかげで柳娘と再会できました。どれほど感謝してもしきれません」

岑生はひざまずいて礼を言う。

「柳娘の廟が新しくなるというので、私もそちらに移ろうと思います」

晴れ晴れとした顔をしている。岑生は柳娘にほほえみかけた。冥府《めいふ》へ行く気はないらしい。

「ついては十四娘さん、嘉陵江へ送っていただけませんか」

「またですか?」十四娘は面倒そうな声をあげる。

「それくらいなら、わたしがやってあげるわよ」

小寧が言ったかと思うと、肩にかけていた披帛を手にとり、ひらりと蓮池に向かって振った。螺鈿めいた披帛が波打ち、きらめく。水面から霧が立ちのぼり、輝きを放ちながら、岑生と柳娘の足もとに集まっていった。ふたりの体が彩雲《さいうん》とともに浮きあがる。ゆるやかに上昇してゆく彩雲の上で、岑生が琬圭たちに向かって拱手《きょうしゅ》する。雲はするすると上空へと飛び去り、すぐに見えなくなった。

「おめずらしい、姫様。あんな親切をなさるとは」

「だって、嘉陵江の近くに廟があるのでしょ。だったら嘉陵君の配下みたいなものじゃないの。嘉陵君には結婚祝いをいただいたのだから、あれくらいはしないとだめよ」

「ずいぶん、分別のあることをおっしゃるようになりましたね」

小寧はじろりと十四娘をにらんで、室内に戻っていった。琬圭も部屋に入る。蘭芳は蓮池を覗《のぞ》き込み、十四娘になにやら話しかけていた。

「まったくわからないわ。なんだってあのふたりは、ああまでしておたがいを求めていたのかしら」

ぶつぶつと小寧はつぶやき、長椅子にだらしなくもたれかかって座った。片手を伸ばして器《うつわ》に盛られた棗糒をつまんで、口に放り込む。

「まあ、あのふたりのことは、あのふたりにしかわからないね」

琬圭も棗糒をひとくちかじる。甘酸っぱい。

「あなたにもわからないの？」

小寧が意外そうに言う。

「そりゃあ、そうだよ。私は彼らじゃないからね」

「どうしてそれで手助けしようなんて思ったの？」

はは、琬圭は笑った。

「助けたのは君じゃないか。正確には、君と十四娘と義父上《ちち》だね。どうして君は彼らを助けたんだい？」

「わからないわよ、そんなの」

小寧は不満そうに言い、棗糒を頬張《ほおば》った。


のちに、嘉陵江のほとり、水会渡《すいかいと》という渡し場近くに柳仙の廟が建ち、そこでは美しい女の神像と、書生ふうの男の像が夫婦として祀られた。良縁、夫婦和合に効験ありとして、各地から参詣者《さんけいしゃ》が訪れ、香煙は絶えなかったという。

＊

小寧は張家楼の食堂に向かった。食堂に顔を出すと、梅花がなにかしらおいしい食べ物を用意してくれるからだ。

裏手の出入り口から顔を覗かせると、食堂はちょうど暇な頃合いのようで、客はひとり、ふたりしかいない。静かなものだ。梅花が小寧に気づき、「あら、奥様」と朗《ほが》らかな笑顔で歩み寄った。

「今日は肉餡《にくあん》の餅《もち》がありますよ。揚げ焼きにしてあるから外はパリパリで、肉餡がとろーっ、じゅわーっとしておいしいですよ」

梅花は身振りを加えておいしさを表現する。もちろん、小寧はそれを器に山盛りにしてもらった。

「どうぞ、旦那様とご一緒に召し上がってくださいね」

「あの人は今仕事だとかでいないわ」

あら、という顔を梅花はした。

「それはおさびしいですね」

「さびしい？」

それがどういう感覚なのだか、小寧にはよくわからない。

揚げ餅を盛った器を抱え、離れに戻る。一階の長椅子に腰をおろし、蓮池を眺めながら餅を食べた。梅花の言ったとおり、外はパリパリ、なかは肉汁をたっぷり含んだ餡が詰まっている。高楼のなかは琬圭がいないぶん、ふだんよりもひっそりとしていた。琬圭は騒がしいわけではないが、人ひとりがいないだけで、ずいぶん違うものに小寧は感じた。

洞庭湖の龍宮にいたころを思い出す。あのころは、こうした静けさには慣れ親しんだものだった。胸の奥をひんやりとした風が吹き抜けてゆくような感覚。小寧はいつも膝を抱えてうずくまり、その寒々しさをこらえていた。

今は、そんなことはない。ここには琬圭がいるし、蘭芳もいる。食堂に行けば梅花がいて、厩《うまや》に行けば飛雲《ひうん》がいる。蓮池では十四娘がのんびりと泳いでいる。

小寧は、龍宮にいたころ、自分が完全な龍でないから、ひとりなのだと思っていた。人間のもとに嫁《とつ》いだら、完全な人間でない小寧は、やはり爪弾きにされると思っていた。だが、琬圭は小寧を邪険にはしなかった。龍にも人間にもなれない半端者とは扱わなかった。龍女であり人であるのだと、どちらの力も併《あわ》せ持つのだと言った。

小寧は、固く縮こまっていた体が、ほぐれてやわらかくなっている気がした。張りつめて、自分を守るために棘《とげ》だらけだった心が、すこしずつなだらかになって、ほどけてゆくようだった。小寧は、龍でなくても、人間でなくてもいい。

すこしずつ、小寧は己の輪郭《りんかく》を捉《とら》えはじめていた。

それとは逆に、感情の理解はおぼつかない。

危機に鈍感な琬圭を見るといらいらするし、無事だとほっとするし、感情が波立って、いやになる。だがそれは、龍宮にいたころの感情とは違うものだ。

この心持ちを、小寧は言い表すことができないでいる。

十四娘に訊けば答えをくれるのかもしれないが、なんとなく、言いたくなかった。この心情は、誰にも共有せず、自分ひとりの胸にしまっておきたい、そんな気がするのだ。

＊

李俊は一艘《そう》の舟を島の浅瀬に漕《こ》ぎ寄せた。

洞庭湖の湖上には、五色の霧に包まれた島がある。洞庭君《どうていくん》の住まう龍宮は、そこにあった。

李俊は舟からおりると、霊虚殿《れいきょでん》に向かった。

龍宮はいくつもの門に閉ざされ、門衛が招かれざる者の侵入を拒んでいる。甍《いらか》から門柱に至るまで螺鈿に覆われ、虹色に輝く門は、李俊が近づくとひとりでに開く。鰐《わに》の牙の矛《ほこ》を掲げ、瑠璃《るり》色の鱗《うろこ》の甲冑《かっちゅう》をつけた衛士《えじ》は、拱手して李俊を通した。建ち並ぶ殿舎はあらゆる玉で彩られ、冷ややかでまばゆい輝きを放っている。

ひときわ大きな宮殿の、青玉を敷き詰めたきざはしをあがり、開かれた扉の内へと足を踏み入れる。床は氷かと見紛《みまが》う水晶で、歩くたび琴《きん》に似た硬質な音が響き渡る。上座の床《しょう》几《ぎ》は螺鈿に水晶、琥珀《こはく》がちりばめられていた。天井からは蘭《らん》や蕙《けい》などの香草が垂れ下がり、澄んだ芳香をあたりに漂わせている。

奥から足音が近づいてくる。佩玉《はいぎょく》が清々《すがすが》しい音を立てる。李俊はその場に平伏し、拝礼した。やってきたのは、紫の衣に身を包み、青玉を佩《は》いた、堂々たる体軀《たいく》の老翁《ろうおう》――洞庭君である。佇まいだけで周囲を圧倒する威風を備えている。背後に侍従と宮女を何人も引き連れていた。

洞庭君は床几に腰をおろし、李俊に声をかけた。

「李俊よ、嘉陵君は息災であったか？」

地鳴りと清風を合わせたような、涼やかな威厳を放つ声音《こわね》である。義理の父といえど、李俊はとてもまともに正面から顔を見ることなどできない。

「は……、つつがなくお過ごしでございます。無事、婚礼祝いの礼物を捧げて参りました」

「ふむ」洞庭君は長髯《ちょうぜん》を撫でる。

「肝心《かんじん》の若夫婦はどうだ」

小寧と琬圭のことである。

「あれも跳ねっ返りだ。龍女は皆気が強い。うまくやれそうか？」

「婿《むこ》のほうがうまく立ち回るでしょう」

琬圭は柔和だがしたたかである、と李俊は見ている。

「ふむ……婿のほうがな……まったく、よく見つけたものだ。そちは目がいい」

「ありがとうございます」

李俊は琬圭の顔を思い出す。青白い病弱そうな顔をした、それでいて地上にそぐわぬ白々とした光を湛《たた》えた青年――。

「小寧が癇癪《かんしゃく》を起こして雷を落とさぬよう、そちがときどき見に行け。あの婿に怪我《けが》でもされてはかなわぬ」

「小寧にはやはり教えぬのですか。彼の正体を」

「面倒になろう、当人が知らぬのだから。小寧は嘘をつけぬ娘だ。あちらから祝儀が届くやもしれぬがな……さて、どうなるか。そこは儂《わし》が思案するところではない。いまはかわいい孫娘が嫁ぎ先で難儀しておらぬか、それを案じておるばかりよ」

「前に訪問したさいには、あいかわらずの跳ね返りぶりでしたので、大丈夫でございましょう」

洞庭君は笑った。水晶の簾《すだれ》が揺れてさらさらと鳴り、香草の花々が咲き乱れる。

「しかし、縁とは不思議なものよ……よもや、天帝の落とし胤《だね》と孫娘を娶《めあわ》せるときが来ようとは……」

歌うような洞庭君のささやきが、花々から馥郁《ふくいく》とした香りを漂わせた。

第五章

五月は悪い月

五月は悪月《あくげつ》という異名がある。

暑気《しょき》と湿気に食べ物は腐りやすく、体調も崩しやすい時季だからである。華中《かちゅう》と違い、成都《せいと》のある蜀《しょく》地方に梅雨はないとはいえ、暑さの増す時季には変わりない。瘟《おん》（流行病《はやりやまい》）を避け、悪いものを祓《はら》うため、五日には魔除けを行う。端午《たんご》の節句である。

「そんなものがなんの役に立つというの？」

艾《よもぎ》で作った人形を離れの戸にかけようとしていた琬圭《えんけい》は、小寧《しょうねい》の声にふり返る。小寧は柱にもたれかかり、つまらなそうに人形を見ていた。

「艾のにおいが瘟をもたらす魔を寄せつけないそうだよ」

「それで避ける魔はどのみちたいした悪さもしないわ」

「今は君もいるしね」

「だからといって、その辺でほいほい幽鬼《ゆうき》を拾ってくるのはやめてちょうだいよ」

「ほいほい拾ってるわけでは……」

「あなたに引き寄せられてくるのよ」

皆そう言うが、なんなのだろう。においだの、光だのと……。首をかしげていると、小寧が琬圭の顔をじっと眺めてくる。

「どうかした？」

お腹《なか》が空いたのだろうか、と思っていると、

「幽鬼たちがあなたに引き寄せられるのは、あなたに神の血が流れているからだと思うわ」

と、小寧が言った。

「神の血？」

「父親が神様なんでしょう。あなたのお父様から聞いたわ。きっと土地神よ」

父がいつのまにそんな話を――と、琬圭は驚く。たしかに子の父親は神だと母は言っていたらしいが、琬圭は本気にしていない。父もそうだと思っていたが。

「土地神ねえ……」

小寧が言うなら、ほんとうなのだろうか。

反応の鈍い琬圭に、小寧は「お祖父《じい》様なり、その辺の神なりに訊《き》けば、それが誰だかわかると思うけれど」と言った。小寧がそんなふうに気を回すとは思わなかったので、琬圭は意外に思う。

「いや、気持ちだけ……」この言いかたは小寧には通じないのだった。「いや、いいよ。知りたいとは思っていないから」

はっきり言うと、小寧は目をしばたたいた。何事か考えている様子である。

「知りたくないの？　ふうん……」

小寧の瞳は、こんなとき滝壺《たきつぼ》の底のように深くて、それでいて澄んだ色を見せる。学んでいるのだ、と琬圭は思った。小寧は学んでいる。人間の心の形を。

学ばなくとも、それはそれで小寧らしくていいと琬圭は思うが、そう思うのは傲慢《ごうまん》に過ぎるだろうか。

「それはなに？」

琬圭が艾の人形を戸にかけ、次いで五色の糸を手にとると、小寧は近づいてくる。

「これは五綵《ごさい》といって、やはり魔除けだよ」

青、赤、白、黒、黄の五色の糸飾りである。

「どうして人間がこんなもので魔を除けられると思うのかしら。不思議ね」

ははは、と琬圭は笑う。

「人間は弱いから、ありとあらゆる手で魔を除ける工夫をしないといけない。効こうが効くまいがね」

「ほかにもあるの？」

「赤霊符《せきれいふ》に、髪に挿す楝《おうち》の葉、辟瘟扇《へきおんせん》に続命縷《ぞくめいろう》……今日は市にこういう節物が並ぶから、見に行くかい？」

「人が多いところはいや」

小寧は顔をしかめる。「気が淀《よど》んでいるのだもの」

「そうか。じゃあ、あとで私が買いに行ってこよう」

きれいな扇《おうぎ》や腕につける飾りの続命縷などは、小寧も興味を覚えるかもしれない、と思ったのだ。が、これにも小寧はいやそうな顔をした。

「そんなところに行ったら、あなた、またろくでもないものを拾ってくるでしょうに」

披帛《ひはく》の端で琬圭をぺしぺしたたく。どれだけ言っても琬圭は『ろくでもないものを拾ってくる』ので、小寧はおかんむりである。

「はは、気をつけるよ。蘭芳《らんほう》に見張ってもらおう」

その蘭芳は今、そばにはいない。彼は暇なときは飛雲《ひうん》の様子を見たり、梅花《ばいか》の働きぶりを見守ったりしている。今もそうだろう。梅花には蘭芳が見えないが、梅花に酔客がいやなちょっかいをかけようものなら、蘭芳がうしろでにらみをきかせる。すると客はたちまち寒気を覚えて青ざめ、帰ってしまうのだ。

「今日はうちでもお客さんに扇を配ったり艾酒《がいしゅ》をふるまったりするんだよ。あと、角黍《ちまき》もね。こちらにも持ってくるようにするから。食べるだろ？」

当然だというように小寧は深くうなずいた。琬圭が笑ったところで、小間使いが回廊を走ってくる。角黍を持ってきたのかと思ったが、違った。

「石《せき》さんと、房《ぼう》さんがいらしてます」

「ふたりそろって？　めずらしい」

「いえ、べつべつにお越しでしたが、ちょうどおなじときにいらして」

「ああ、そうか。どちらも端午のもてなしを受けに来たわけだ」

琬圭は回廊に足を向けつつ、「小寧に角黍を持ってきてくれるかい」と小間使いに告げるのを忘れなかった。

応接間の長椅子《いす》に、牙人《がじん》の石と市壁師《しへきし》の房が座っている。市壁師は邸店《ていてん》を管理する役人である。邸店は市壁に沿って建ち並んでいるものなので、市壁師というのだ。牙人も市壁師も邸店にとってつながりの深い——深く保っていなくてはならない相手であった。

端午には贈り物をする慣例があり、縁起物の扇や続命縷から、絹などの高級品を贈ることもある。あまり度が過ぎると禁令が出るのだが、贈答の慣例がなくなったためしはない。

石や房は、張家楼《ちょうかろう》でふるまわれる艾酒や角黍目当てに毎年悪びれもせずやってくる。飲み食いするだけなので、公然と高価な賄賂《わいろ》を要求する輩《やから》などに比べればかわいいものである。

「ここの角黍がいちばんうまいんだよ」

などと大きな声で言いながら、房は早くも角黍を頬張《ほおば》っていた。三十前の大男で、男ぶりはそこそこいいのに、手入れもせず伸び散らかした髭《ひげ》がどうも野性味あふれすぎていて、役人というより無頼漢に見える。

「役人にはお上から支給があるだろうに」

石はうるさげに房を横目に見ながら、艾酒をちびちび飲んでいる。

「あれはまずい。ないほうがましだ」

房は手をふる。「黍《きび》も菰《まこも》も、どんなもんを使ってるんだか、わかりゃしねえ」

角黍は菰の葉で黍米を包み、灰汁《あく》で煮たあと蒸したもので、張家楼で出す角黍はもっちりとして甘みがある。艾酒は艾を散らしてその香りを楽しむ酒だ。

卓の上にはほかに朮《もちあわ》で作った吸い物である朮羹《じゅっかん》や、穀粉《こくふん》を練った団子である粉団《ふんだん》、棗《なつめ》や栗《くり》をまぶした餅を笹で包んで蒸した粽糉《そうい》といった食べ物や、菖蒲酒《しょうぶざけ》も並んでいる。菖蒲酒は艾酒と同様、香りのいい菖蒲の葉を切って酒に浮かべたものである。

琬圭は彼のぶんの菖蒲酒を持ってきた小間使いに、

「小寧に角黍だけじゃなく、この辺の食べ物も持っていってやってくれ」

と、卓上の食べ物を示した。小間使いはすぐさま承知してさがったが、房が、「若奥さんひとりじゃ食べきれんだろう」と驚いている。房からは以前、結婚祝いに酒をもらっている。知らせもしなかったのに、三日とたたぬうちに彼の耳には入っていた。

「大食らいなんだよ」と言ったのは石である。「前に俺が持ってきた団子を、ほとんどひとりで平らげたって聞いたぜ」

「いや、まあ、ええ」

琬圭は苦笑いする。大食らいの噂《うわさ》だけ広まってなければいいが。

「だが、どえらい美女なんだろ？　俺は見たことねえが。石よ、あんた会ったのかい」

「会ってない。顔も知らん」

このふたりは昔からの顔馴《な》染《じ》みで、いわば悪友同士である。気安い口をきく。琬圭も子供のころからふたりを知っているが、彼らより年下なので、弟分のような立場であった。

「天女のように美しいとか、いや衣が世にもめずらしい美しさなんだとか、なにがほんとうだよ？」

房の問いに琬圭は返答に困る。どれもほんとうである。

「俺は鬼嫁だと聞いたぞ」と石が言う。

「なんですか、それは……」

琬圭は眉をひそめた。どこからどう吹聴されるものか、噂とはおそろしい。

「物言いがきついときはありますが、彼女なりにここに馴染もうとがんばっているんですよ。そういう話を信じてもらっては困ります」

琬圭にしてはめずらしくきっぱりとした口ぶりに、石は驚いたように片眉をあげた。

「信じちゃいないさ。悪かったよ、いやな話を耳に入れて」

「いえ……」

小寧は人間というものを学ぼうとしているし、文句を言いつつ最初から琬圭を守ってくれている。琬圭のいやがることもしない。その行動を見れば、彼女はいたって真面目で素直である。表面の物言いだけでは小寧を測れない。

「みんな興味津々《しんしん》なんだろ」と房が笑う。「おまえさんが突然嫁なんかもらうから。病弱だから嫁をもらうつもりはないと言っていたくせに、電光石火の早業《はやわざ》だったからな」

「私が嫁をもらおうともらうまいと、どうでもいいじゃありませんか」

「俺たちゃどうでもいいよ、張家楼が安泰ならな。ちまたで噂になってるだけだ。ことにお嬢さんがたにな」

「どうせ面白おかしく尾ひれをつけて噂を広げてる側でしょう」

房は磊落《らいらく》に笑った。否定しない。

「そのほうが煙《けむ》に巻けるってもんだろう」

石が平然と言って酒を飲む。「噂は大仰なほうがいい。張家楼の宣伝にもなるぜ」

他人事《ひとごと》だと思って、と琬圭はため息をつく。酒に口をつけると菖蒲の清々《すがすが》しいにおいがふうと香った。身の内が清められる気がする。

「ちまたの噂といえばな、どうもまたぞろ虎《とら》が出るらしいから、おまえさんも気をつけな」

「虎が……」

琬圭の脳裏に浮かぶのは、虎に食われた幽鬼の男だった。彼の遺品は揚州《よう》に向かう客商に無事渡してある。

「だいぶ城内に入り込んでやがるらしい。夜道でいきなり飛びかかってくるんだと。まだ死人は出てねえが」

「あれは虎なのかねえ」

石は首をかしげている。「見たってやつの話も、どうもはっきりしないそうじゃないか。虎だとか大猿《おおざる》だとか」

「でけえ獣《けもの》だってことだな」

「爪と牙のある、敏捷《びんしょう》ななにかだな」

石が細かく訂正した。

——爪と牙のある、敏捷な『なにか』……。

なにかとは、なんだろう。

「獣にゃ端午の魔除けも効かねえだろうよ。おまえさんは妓楼《ぎろう》で夜遊びもしねえだろうが、まあ気に留めておきな」

房は辟瘟扇で扇ぎながら言う。琬圭が病弱なのもあって、昔からなんだかんだで気にかけてくれる房と石である。琬圭は礼を言って、うなずいた。


房と石が帰り、琬圭が離れに戻ると、小寧が角黍を食べていた。気に入ったようである。

小寧は琬圭をちらと見るなり、

「いやだ、また妙なものを拾ってきてる」

と眉をよせた。

「ええ？」

琬圭はふり返る。そんなはずはない、張家楼を出てもいないのに。

「背中、背中」と小寧は琬圭の背を指さした。琬圭は背中に手を回す。

「ん？」

背中になにか、しがみついている。ちくちくとした手触りがある。覚えのある触り心地だ。艾《よもぎ》の香りが漂う。これは――。

小寧が立ちあがり、ひょいと琬圭の背からそれをとった。その手にあるのは、艾の人形だ。琬圭が戸にかけたものである。

「なんでそんなものが」

小寧は人形に顔を近づけ、じっと見つめた。

「なかになにかいるわね」

「なにか？」

「幽鬼……ではないわ。妖魅《ようみ》でもない。なにかしら」

小寧がつぶやいたとき、露台のほうから声がした。

「魂《たましい》のかけらだろう」

李俊《りしゅん》である。うしろに盆をささげ持つ童子を伴っている。

「お父様、どうなさったの？　魂のかけらって？」

「端午の贈り物を届けに来た。――魂魄《こんぱく》の魂、そのかけらだから幽鬼にもなれていない」

李俊は盆から楝の葉と護符を手にとり、楝の葉を小寧に、護符を琬圭に渡す。護符は朱文字で呪文が書かれた赤霊符である。病除けだ。李俊は小寧の髪に楝の葉を挿してやりながら、「どこからか迷い込んで、人形に入ってしまったのだろう」と言った。

「私に引き寄せられて……?」

琬圭が尋《たず》ねると、李俊はつとふり返り、

「そうであろうな」とうなずいた。「なぜかけらとなり、ふらふらさまよっているのか知らぬが。おおかた、客人の誰かにくっついてきたものではあるまいか」

「客人の……」

さっきまでいた客は房と石のふたり、しかし旅館だから宿泊客はたくさんいる。今日着いた客だろうか。

「悪さをするほどのものでもなかろうが、気になるなら火で焼けばよい」

「焼くんですか」

「あるいは、川に流すか。しかし、ものによっては、ときに川の神が怒ることもあるのでな」

李俊は小寧の手から人形をとって、卓上に置いた。

「はあ……」

琬圭は人形を見る。魂が入っていると言われると、焼き捨てるのはどうも忍びない。それにわざわざ琬圭の背中に張りついていたとなると、なにか訴えたいことでもあるのではなかろうか。

まじまじと人形を眺めていると、小寧が、

「また悪い癖を出すつもりね」

じろりとにらんでくる。

「焼いてしまいなさいよ、そんなもの」

「いや、まあ、でも」

「あなたが焼かないならわたしが雷で消すわ」

「まあまあ、そう急がなくてもさ」

のらりくらりとした琬圭の言いように、小寧はまなじりを吊りあげる。

「あなたって、どうしていつもそうなの？　自分のことが心配じゃないの？」

そう言われて、ああそうか、と琬圭は気づいた。

「君はいつも私を心配してくれているんだね」

小寧は目をみはる。

「違うわよ。わたしの手間が増えるから、面倒なのよ」

「ああ、そう……」

ふっと李俊が笑った。

「艾人形に雷を落とすくらい、たいした手間でもなかろうに」

「お父様、なにかおっしゃった？　ご用がおすみなら、お帰りになったら？」

不機嫌な様子の小寧に、李俊は笑っている。

「では、帰るとしよう。ああ、そうそう。おまえは先日、悪さをしていた維《い》公を懲《こ》らしめたろう。義父上《ちち》が褒めていたぞ。放っておいたら銭塘君《せんとうくん》のときのように、また天帝の機嫌を損ねるところだった」

「あら、そう。よかったわ」

小寧はなんでもないように応じるが、声にうれしさがにじんでいる。

李俊は琬圭のほうを向いて、

「銭塘君……洞庭君《どうていくん》の弟君は、ちと勇猛すぎるところがあってな。しばしば暴れるので、天帝のご不興を買う。一度はそれで隠居するはめにもなった。今は銭塘江《せんとうこう》の龍王に戻っておられるが」

「はあ……さようですか」

龍王だの天帝だのといった言葉はどうにも遠く、いまだ琬圭は馴染めない。だが、逆に小寧にとってはここがそうした場所なのだ。琬圭は、それを忘れずにいたいと思う。

「では、また」

そう告げて李俊は部屋を出ていった。露台から蓮池に飛び込んだかと思うと、その姿はかき消える。もてなす間もなく帰ってしまった。よかったのだろうか。おそらく小寧を案じて様子を見に来たのだろうに。

「ねえ、それでどうするの?」

小寧が艾人形を指さす。琬圭は人形に目を落とした。

「うん、そうだね――」


「昨日今日で到着した客ですか?」

番頭の朱《しゅ》が帳面から顔をあげる。

「そう。はじめての客はいたかい?」

とりあえず、魂をくっつけてきそうな事情のある客人をあたってみよう、と琬圭は考えた。常連客なら内情はある程度わかっているので、はじめてここに泊まる客からさぐってゆくことにする。

「ええ、三名いますよ。うち客商はひとりですが。あとは書生と軍人ですな。客商は貴州《き》の薬材商で、牙人を紹介してほしいというので石さんを紹介しました」

「ああ、そうか。ありがとう。宿帳を見せてくれるかい」

「どうぞ」と、朱は帳面をさしだす。宿帳には氏名や職業、本籍地が記されている。三名について覚え、琬圭はあいさつに向かうことにする。宿の主人があいさつするのは不自然ではない。もっとも、それは商売がらみで客商相手がほとんどで、ふだん書生や軍人にまでいちいちあいさつに回ってはいないが。

書生と軍人は相部屋で、どちらも西川節度使《せいせんせつどし》の幕府へ向かうところなのだという。意気投合したのか、相部屋になった縁で一緒に向かうそうだ。身の上話にこれといってひっかかるものはなく、琬圭はお愛想を言って部屋を辞した。

「兄い、姐《ねえ》さんが艾人形を相手にぷりぷりしてるが、なにかあったんで?」

蘭芳がふらりと姿を見せた。

「あれに魂のかけらが入っているそうなんだ。私にくっついてきてね。なんだろうと今調べているところなんだよ。客人が連れ込んだものかと思ってさ」

「へえ、魂のかけら。そんなこともあるんだねえ」

「君にはあの魂のこと、なにかわかるかい？　男か女かとか」

「いやあ、わかんねえなあ。俺ァもともと、自分のこと以外はろくにわかんねえよ」

「そうか……」

幽鬼ならわかることもあるだろうか、と思ったが、そういうわけにはいかないらしい。

琬圭は蘭芳をつれて薬材商の部屋を訪れた。二階の突き当たり、張家楼のなかでも上等の部類に入る部屋である。扉には牡丹《ぼたん》と桃を組み合わせた浮き彫りの装飾が施され、室内にも華やかで質のいい調度品がそろっている。張家楼の装飾はどこも凝《こ》っていて、これは琬圭の父のこだわりであった。

薬材商のその客は潘《はん》といった。歳《とし》は三十、よく陽《ひ》に灼《や》けた引き締まった顔をしている。実直そうだが、旅の疲れか、顔に翳《かげ》りがあった。

「長旅でお疲れでしょう。すぐお暇《いとま》しますから」

気が引けてそう言うと、潘は軽く笑った。柔和な笑みだった。

「いえいえ、たいしたことはありません。旅は慣れていますから。疲れて見えるのは、そういう顔だからですよ」

訊けば数か月前から成都周辺に滞在し、薬材を売ったり、あるいは仕入れたりしているのだという。このあたりは盆地なので、山に囲まれている。その山々で薬となる薬草を採集する者から買い付けているそうだ。質のいい薬草を採る者を見つけるのも、交渉するのも薬材商の手腕による。見たところ潘は有能な商人であるようだった。

「紹介していただいた石さんが頼りになるかたで、成都でもいい商売ができそうです。どうもありがとうございます」

「それはよかった。——お茶を運ばせましょうか。角黍はお召し上がりになりましたか?」

ふと気がかりになって琬圭は尋ねた。室内には客に配っているはずの辟瘟扇や護符がなく、卓上に角黍の包みもない。朱に限って忘れているということはないと思うが……。

「ああ、いえ、結構です。私のほうでお断りしたんですよ」

「角黍はお嫌いでしたか。お酒は……」

「私は魔除けをしないんです」

おや、と琬圭はまじまじと潘を見た。潘はどこかさびしげな笑みを浮かべる。

「魔をさがしているんです。ですので、除けはしません」

「薬材商の願掛けかなにかでございますか」

「いえいえ。商売とはかかわりのないことです。といいますか、そもそもそれがきっかけで薬材商になったようなもので……」

「ご自身が、魔をさがしてらっしゃると?」

琬圭は興味を惹《ひ》かれて、身を乗りだした。

「こんな話がお好きですか。たいてい皆さん、変なやつだと眉をひそめますが」

「好きですよ。私は旅をしませんし、病弱で外出もままならなかったもので、旅人から変わった話を聞くのが楽しみなんです」

「そうですか……」潘はすこし考えるように黙ったあと、話しだした。

「私はもともと、湖南《こなん》の材木商の息子でした。伐《き》りだした木を水運で各地に運んで売る商売です。豪商と言っていい家だったと思います。傭人《ようにん》も奴婢《ぬひ》もたくさんいました。各地に商売に赴《おもむ》きますから、奴婢もほうぼうで買うことがあります。成都でも奴婢の市は立つでしょうが……」

傭人は給金で雇う働き手だが、奴婢は主人が金を出して買った持ち物である。賤民《せんみん》のなかでも最下層の民とされる。ことに婢は、器量がよく技芸の才があれば売値は高くなるが、安ければ数百銭程度である。

「あるとき、父は旅の途中で立ち寄った青州《せい》の村で、ひとりの少女を婢として買い上げました。その少女は自身の両親によって危うく殺されるところだったのを、殺すくらいなら売ってくれと、安く買いたたいたのです……市で買うより安上がりになったと、父は喜んでいました。父はそういう人でした」

潘は恥じるようにうつむいた。それに関しては触れず、琬圭は「その子が両親に殺されそうだったのは、なぜです？」と尋ねた。

「五月生まれだったからですよ」

と、潘は答えた。

「五月生まれの子供は親に害をなす――という俗信が強く残る村だったようです。昔は五月に生まれた赤子を殺す風習があったと聞きますが、いまだそうした村があるとは……。十五、六年も前の話ですから、今も残っているかは知りません。彼女はそのとき十二歳で、それまで生かされていたのは祖父母のおかげだったそうです。祖父母が孫かわいさに殺すのをやめさせたのだと。しかし、その祖父母が相次いで死んでしまい、庇《かば》ってくれる者がいなくなったのです」

「そういう話を、あなたはその子から聞いたわけですか」

潘はさきほどとは違った恥じらいの表情を見せた。それでふたりの関係に察しがつく。

「彼女は、名を青娘《せいじょう》といいました。父がつけた名です。青州で買った娘だからです」

潘はそれだけ言った。表情が翳る。婢と豪商の息子である。彼の婢であるならまだしも、父親の婢なのだ。主人は奴婢を賤民から良民に引き上げることができる。そう法律で定められている。だが、主人は彼ではなく、彼の父親なのだ。もはやそれだけで話の先行きに暗澹《あんたん》たるものを感じて、琬圭は気が重くなった。

「青娘が井戸に身を投げて死んだのは、彼女が二十歳のときでした」

潘の声は乾いている。琬圭はため息を洩《も》らしそうになったのをこらえた。

――やはりそう来るか。

婢は主人の持ち物である。どう扱おうと主人の勝手であり、慰《なぐさ》み者となるのは当然のように思われていた。ときにはちょっとした過失でいともたやすく殺されることさえある。殺人はもちろん罪になるが、良民を殺すのとでは罪の重さはまるで違った。

「彼女を井戸から引き上げるのはたいへんで、そのうえもう井戸の水を飲み水としては使えませんから、父は怒って葬儀代はおろか、棺桶《かんおけ》さえ用意しようとしませんでした。その辺の路傍《ろぼう》に捨てておけ、と吐き捨てる始末で……。私はそのとき父に殴りかかって殺しかけたので、ひと晩、庫《くら》に閉じ込められました」

さらりと、やはり乾いた声で潘は言う。

「翌日には青娘の骸《むくろ》はありませんでした。どうしたのか番頭に訊くと、門付《かどづ》けの巫《ふ》にやった、と言うんです」

「門付けの巫？」

「はい。うちは商家でしたから、そういったたぐいはよく来ました。見鬼《けんき》だとか、道士だとか。まあ、符を売りつけたり勝手に呪文を唱えて祈禱《きとう》代を要求したりといった者たちです。番頭は、父はああ言うがさすがに路傍に捨てては評判も悪かろう、と困っていたところに、どこから聞きつけたものか、ふらりと門を入ってきた老婆《ろうば》が『始末に困っているなら私が埋葬してやろう』と言ったんだそうです。変わった文様の入った、くたびれた麻の衣を着て、腰に鈴をつけた老婆で、ちゃんと修行を積んだ巫だと言ったそうです。埋葬代として幾許《いくばく》かの金子《きんす》は要求されましたが、葬儀屋に頼むより安かったので、番頭が払ったそうです。しかし小柄な老婆ひとり、骸をどう運んでゆくのかと思ったら、……」

潘はそこで言葉を切り、ごくりと唾《つば》を飲み込んだ。顔がやや青ざめて見える。琬圭は黙ってつづきを待った。

「……老婆は青娘の背中に符を貼り付けると、なにか呪文を唱えて、赤い布を青娘の頭にかぶせたそうです。すると、青娘が立ちあがった、と」

「立ちあがった?」

意味がよくわからず訊き返したが、

「立ちあがったのだそうです」

と、潘はくり返しただけだった。

「番頭も、ほかの者たちも驚いて立ちすくんだそうです。父はその場にいませんでしたが……。そして、老婆が小銅鑼《どら》をたたいて歩きだすと、青娘はふらふらとそのあとについて歩いていったのだそうです」

琬圭は潘の言葉をどう理解すればいいのか、戸惑った。

「つまり、その……生き返った、ということですか?」

「いいえ」潘は首をふる。「私もあとになって調べて知ったことですが、貴州のあたりにはそうした術があるのです」

「術？」

「屍《しかばね》を歩かせる呪法……。送屍術《そうしじゅつ》とか、行屍術《こうしじゅつ》とか呼ぶそうです。なぜそんな術があるのかと言えば、遠方で死んだ者を故郷へと送るためです。私の生家も私自身もそうですが、商売に旅はつきものです。客死した屍を運ぶ人手を減らし、腐らせずに故郷へとつれてゆく術、それがこの術なんです」

「屍を動かす……腐らせずに……」

そんなことができるものだろうか。琬圭は見たことがないので信じがたい。

「番頭から話を聞いたあと、私は老婆と青娘を追いかけました。一日たっていますが、老婆と屍の足ですから、そう遠くに行っていないだろうと。しかし、ふたりを見たという人の話を聞いて足どりを追ってゆくと、はや城を出ていたのです」

琬圭の戸惑いをよそに、潘は話をつづける。

「その老婆がどこへ行こうとしているのか、まるでわかりませんでした。埋葬するなら城内の墓場に行けばいい。城を出て、旅にでも出るつもりなのか。屍をつれて？　私にはわかりませんでしたが、とにかくあとを追うことにしました。青娘の骸を返してほしかったからです」

　すぐさま旅装を整え、潘は家を出たという。

「それきり家には帰っていません」

　潘は薄く笑った。

「小銅鑼をたたく老婆と赤い布をかぶった娘ですから、目立つでしょう。ふたりを見た人からは、遊芸人のたぐいと思われていました。私は馬で移動していましたが、いったいどういう術なのか、ふたりの出没先が東かと思えば西、西かと思えば南といっこうにとらえどころなく、近づいているのか遠のいているのかもわからない。路銀も乏《とぼ》しくなってきて、私は伝手《つて》を頼って商売をはじめました。それが薬材商です。そうして旅をつづけながら、今もずっとふたりを追いかけているわけです」

『ずっと』と軽く言うが、かれこれ七、八年になるのではないか。

「その……今もふたりの足どりは、つかめているのですか？　つまりは、ふたりはまだ、連れ立って――という言いかたがあっているのかわかりませんが、青娘さんが老婆につれられていると？」

　琬圭が思ったのは、さすがにどんな術であろうと、それだけたてば屍はそのままではいられないのでは、ということだった。

潘はわずかに笑う。苦しげな翳りを帯びた笑みのようでもあり、あきらめを含んだ笑みのようでもあった。

「江陵《こうりょう》、潭州《たん》、蘇州《そ》、揚州、宋州《そう》……ずいぶんいろんな城邑《じょうゆう》を巡りました。いるんですよ。ずっと。青娘は腐りもせず、ずっと」

「ですが、見つけられてはいないわけでしょう。ほんとうにそれが青娘さんかどうかは」

琬圭は言葉の途中で口をつぐんだ。そんなことは当然、潘もわかっているだろう。だが、追いかけずにはいられないのだ。

潘はうつむき、己の手に目を落としている。

「青娘でないといいと思うときもあります。でも、あれは青娘です」

鬱々《うつうつ》とした暗い声で潘は言った。

「え?」

「青娘が呼ぶんです。青娘の心はずっと私のそばにいて、あの体を取り戻してくれ、助けてくれと、私に呼びかけている……私に助けを求めている。それで、いてもたってもいられなくなるんです」

琬圭は黙って考え込む。

——青娘さんの心が……。

心、それはつまり、魂ではないか。脳裏をよぎったのは、艾人形である。

あれに入っているのは、青娘の魂のかけらだろうか。

――しかし、そうなると。

青娘は老婆から骸を取り返してほしいようだが、旅をする骸相手では、琬圭にできることはさしてなさそうである。潘のように追いかけつづけるわけにはいかないのだから。

「ん？　では、あなたが今成都にいるとなると、青娘さんは――」

ふと思い至り、潘を見ると、潘はうなずいた。

「成都にいるようです。以前、虎避けに隊を組んだ客商と梓州《し》で再会しまして、そのとき老婆と青娘らしきふたりを数日前に宿で見かけたという話を聞いたのです。宿といってもこちらのような立派なものではなく、村の小さな宿です。その客商は青娘が屍だとわかっていました。長く客商をしていると、ときおり送屍を見かけると。屍は、宿の裏手に立たせておくのだそうですよ。客商は老婆に、『どこへ送るのか』と訊いたそうです。老婆は成都へ行くと答えました。ふたりは、その前は梓州にいて、さらに前は綿《めん》州、閬《ろう》州。だから私もこのあたりにいたのです」

梓州、綿州、閬州、いずれも成都の近くである。

「その話を聞いて、私は成都にやってきました。はたしてここで捕まえられるかどうかわかりませんが、必ず見つけてみせます――いえ、これではいけませんね。この成都で必ず見つけます。せめてきちんと埋葬してやらねば、あまりにも」

潘は言葉を切り、押し黙る。よく陽に灼けた肌なのに、青ざめたような翳がさして、すこしも健康そうに見えない。彼が晴れやかに笑えるときは来るのだろうか。たとえ青娘の屍を取り戻したとして。

「私もそうしたふたり組がいないか、気にかけておきましょう。なにか見聞きしたら、お知らせします」

そう言うしかなく、琬圭は部屋をあとにした。


張家楼の廊下は中庭に面しており、瀟洒《しょうしゃ》な装飾が彫り込まれた格子《こうし》窓から陽が差し込んでいる。

「ありゃあ、半分屍に魅入られているようなもんだぜ、兄い」

室内では気を遣ってひと言もしゃべらなかった蘭芳が、伸びをしながら言った。人前で琬圭が蘭芳と会話をしては、あやしまれるからである。

「しゃべらずにいるってのは、肩が凝ってしかたねえや」

凝るような筋などないだろう、と突っ込んだほうがいいのかどうか、琬圭は判じかねる。

「俺も話にゃ聞いたことがあるぜ、送屍ってやつ。見たことはねえが。墓場につれてゆくんでなきゃあ、なにが目的なのかね、その婆さんも」

飄々《ひょうひょう》とした口ぶりでいて、蘭芳は事の核心を突いている。琬圭もそこが不思議だった。

「大道芸として日銭を稼ぐというわけでもないようだし――それなら市の辻《つじ》なんかで、とっくに見つかっているだろうからね、なんのために屍をつれ歩いているのだろうね」

理由はあるはずだ。何年も屍をつれて各地を放浪し、なにをしているのだろう。

「まあ、老婆の目的は私たちがここで推測したってわからないし、わかったところでどうということもないのだけど」

琬圭が知りたかったのは艾人形の魂が何者かである。

「青娘さんの骸を、見つけてあげられたらいいのだけどね……」

「成都の城は広いからなあ。俺がひとっ走り、さがしてきてもいいけどよ、それなりにあてがなけりゃあ、見つからねえな」

「あてか。難しいな。安宿をあたってみるしかないのかな。それも数が多いからなあ」

客商の往来が活発になって、宿はどんどん増えている。張家楼のような邸店は昔からある旅館で、市の壁に沿って建っているものだからわかりやすいが、安宿なら市のなかのみならず、外にも多い。十万戸を抱えるといわれる成都である。客商も多ければ出稼ぎ、大道芸人、無頼漢といった流れ者もあふれている。

「呪法で動かされている屍か……屍……」

琬圭はつぶやきつつ、離れに戻る。部屋に入ると小寧が長椅子の上で体を丸め、すやすやと眠っていた。卓には艾人形が置かれており、その横には空になった器《うつわ》が並んでいる。お腹がいっぱいになって、眠くなったのだろう。

起こさぬよう静かに向かいの長椅子に座り、琬圭は小寧の寝顔を眺めた。無邪気でかわいらしいものである。犬や猫の寝ているさまは心を和《なご》ませてくれるものだが、それと似た心持ちになる。

「姐さんは恐ろしいときもあるが、こうしてるとかわいいもんだ。なあ、兄い」

蘭芳が笑っている。

「そうだね。犬か猫みたいにかわいらしい」

琬圭の評に、蘭芳は噴き出した。

「兄い、自分の奥さんにその喩《たと》えはどうかと思うぜ」

「そうかな。私は犬も猫も好きなのだけど」

「誰が犬猫よ」

小寧がむくりと起きあがった。眠たげな目で琬圭をにらんでくる。

「起こしてしまったかな。ごめんよ」

「寝ていると思って、犬だの猫だのと好き勝手言っていたのね」

ははは、と琬圭は笑う。

「喩えが気に入らないかい。君がかわいらしいという話だよ」

小寧はなんと思ったものか、不機嫌ともご機嫌ともつかない複雑な顔をして、そっぽを向いた。

「兄い、……」

蘭芳がなにか言いかけてやめる。曖昧《あいまい》に笑っていた。

「それで、この人形の魂のこと、わかったの?」

小寧がムスッとした調子で訊いてくる。

「ああ、そうだ。君にも尋ねたいことがあったんだ。まずは、話を聞いてほしいのだけど――」

琬圭はひととおり、潘の語った話をする。小寧は話の半ばからずっと眉をひそめていた。聞き終えてぽつりとひとこと、「いやな話」と洩らした。

「じゃあ、この魂はその青娘という女のものだということ? だったら、人形ごとその潘とやらいう商人にやってしまえばいいわ。もともと彼についてきていたのよ」

それで解決、とばかりに小寧は言った。

「うーん、でも、青娘さんは骸を取り返してほしいんだよ。それを伝えたくて、私のほうに近づいてきたんじゃないかな」

「あなたがそこまでする義理はないじゃない」

「義理というか……事情を知ってしまったら、なにもしないのも具合が悪いじゃないか」

「手を出さないほうがいいと思うわ。厄介《やっかい》な巫師《ふし》がかかわっていそうだもの」

「巫師？」

「巫婆とか師婆とか言うんでしょう。起屍鬼《きしき》の術が使える巫師は――それもそれほどの長いあいだ屍を使役できる巫師は、どう考えても厄介よ」

「起屍鬼……君に尋ねたかったのは、そういう屍を動かす術についてだったのだけど、送屍術というのとは違うのかい？」

「送屍は屍を動かすだけ。屍は動くかとまるかしかしないわ。起屍鬼は、屍を使役する呪法よ」

「使役する、というと」

「それを使って人を殺すのよ。腐らない、朽ちない屍は僵屍《きょうし》というのだけど、これは人を襲うのよ。それを使役することで、人を殺すわけね」

――人を殺すために使役されている。

琬圭は、青娘が助けを求める理由を見た気がした。自分の意思に関係なく、人を殺す道具に使われているのだとしたら……。

「姐さん、詳しいね」

蘭芳が腕を組み、感心している。小寧はちょっと得意そうに胸を張った。

「起屍鬼使いは、冥界《めいかい》のお尋ね者よ。屍は冥府《めいふ》に属するものだから、そんなふうに勝手をされては困るのよ。こうして魂魄も乱れているわけだし。それで手配書が龍宮にも回ってきているわ。そうね、だから知ったからには、このことを龍宮に知らせておかないと」

小寧は立ちあがり、露台に出た。

「十四娘《じゅうしじょう》、十四娘」

呼ぶと鼈《すっぽん》が泳ぎ来て、水面に顔を出す。

「なんでございましょう、姫様」

「起屍鬼使いが成都にいるのですって。あなた、お祖父様に知らせてきてちょうだい」

「おやまあ、そんなものが成都に。姫様、用心なさいませ」

「わたしが用心？　起屍鬼使いといったって、たかが人間でしょう」

「起屍鬼使いではなく、僵屍がだめなのです。見つけたらすぐに雷を落とさねばなりませんよ。お父上はお教えにはなりませんでしたか、困ったこと」

十四娘は大仰にため息をついた。

「いったい、なんのこと？」

「僵屍は犼《こう》という獣に変じます。この犼は龍の天敵です。龍の脳を食らうと言われております。いけません」

「ふうん……？　人間の屍なのに？　ほんとうに？　どうして？」

「どうしてかはわかっておりませんが、まれにそういうことがあるのです。用心なさいませ。よろしいですね。わたくしは洞庭君のもとへ報告に行ってまいります。追って冥府の役人が起屍鬼使いを捕まえにやってくるでしょう」

十四娘の声音《こわね》はふだんと違い、緊張をはらんでいた。琬圭は不安を覚える。

それでは、と言い置いて十四娘は水中に消えた。

「ずいぶんな化け物になるみたいじゃねえか、姐さん。怖いねえ」

蘭芳がほんとうに怖いと思っているのかわからないような口ぶりで言う。ふん、と小寧は鼻で笑ってふり返る。

「龍より強いものなんて、天帝くらいよ。ほんとうにそんな化け物がいるなら、龍宮でもっと噂になっているわ」

「龍宮には僵屍が入り込むことなんてないだろうから、その狃とかいうものとも出くわすことがなかったんじゃないかい」

琬圭が指摘すると、小寧は黙り込んだ。その顔がこわばっているので、「いや、怖がらせるつもりはないのだけど」と付け足した。

「怖がってなんかいないわ」

小寧はムッとした様子で言うが、強がりだろう。

「まあ姐さんも兄いも、うかつに動かねえほうがいいってことだ」

「わたしはもともとなにもする気はないわよ」

琬圭はうなずく。「うん、それがいいよ」

「僵屍が怖いからじゃないわよ」

「わかってるよ」

そういうことを気にするのか、と琬圭は苦笑する。

「あなたもよけいなことをしないでちょうだいね」

「ああ、うん、そうだね」

冥府の役人とやらが出張ってくるのなら、小寧の言うとおりよけいなことはしないほうがいいのだろうか。

「その起屍鬼使いが冥府の役人に捕まえられたら、青娘さんの骸は解放されるのかな」

「それはそうよ」

「じゃあ、潘さんに返せる？」

小寧は目をしばたたいて、そらした。

「術から解放されるということは、術をかける前に戻るということではないわ。そのぶん、ときが進むのよ」

「ああ……」

屍に、七、八年の歳月がふりかかる。

「骨くらいは返せるかな」

「たぶんね」

ふう、と息を吐く。頰《ほお》にあたる風は爽快《そうかい》で、澄んだ空から降りそそぐ陽光は清々《すがすが》しい。汗ばむ陽気ながら、成都の五月は心地よい。五月を悪月と呼ぶのは成都にはそぐわない。どこの土地でもそうであればよかったのに、と思う。

かさ、と軽い物が落ちる音がして、ふり返る。艾人形が卓上から落ちていた。琬圭は近づいて、それを拾いあげる。人形は震えていた。

「兄い、それ……」

「なんだろう。震えてる」

「なに？」

小寧も近寄ってくる。人形を覗《のぞ》き込んで、眉をひそめた。「なにかしら……」

琬圭は人形を見つめ、胸の底からそろりそろりと這《は》い上がってくるような不安の気配を感じとる。なにか見落としている。そんな気がしてならない。

──なにか……大事なことを、忘れてやしないか。まわりばかり気にして、私は──。

あっ、と琬圭は思い至り、人形を取り落とした。小寧がけげんそうに琬圭を見あげる。

「……小寧、僵屍というのは、妖魅のたぐいに入るのかい？」

「え？」と小寧は首をかしげる。

「魂でさえ、私のもとへやってきた……それなら……」

はっと小寧は息を呑《の》み、その顔が青ざめる。琬圭はごくりと唾《つば》を飲み込んだ。口中が乾いている。

そうであってほしくはない、と思う。だが、しかし。

「兄い、音がする」

蘭芳が押し殺した声を出した。

「でも、起屍鬼は僵屍を使役する術よ。僵屍は自分からは動けないわ。だから──」

がた、と音がして小寧は口を閉じる。格子窓のほうだ。がたがた、とつづけざまに音が響いた。見れば部屋の奥にある窓に人影がある。それは格子をつかみ、揺らしていた。顔はわからない。赤い布を頭から被っているからだ。格子をつかむ手を見てみれば、土気色をして節くれ立ち、爪が異様に伸びている。その爪が苛立《いらだ》ったように格子をがりがりと引っ掻《か》き、木屑《きくず》が落ちた。指が格子を握りしめ、みしみしと音を立てる。

琬圭は考えるよりさきに小寧の手をとり、露台へと飛び出していた。そこから池の汀《みぎわ》へとおりて、走る。窓のほうから木がへし折れる音がした。

「姐さん、あれが僵屍かい？」

「わからないわ、わたしだって見たことないんだもの」

琬圭はうしろをふり返る。離れの裏から人影が現れた。それは前後左右に不自然に揺れながら、一歩、一歩と前へ進んでいる。体つきからして女だろう、赤い布を被り、ぼろぼろの青衣——奴婢の着る衣だ——を身にまとっている。青娘なのだろうか。

十四娘の言葉が頭をよぎる。

——見つけたらすぐに雷を落とさねばなりませんよ。

彼女はそう言っていた。おそらく犼という龍の天敵に変じる前に、ということだろう。

小寧が足をとめ、ふり返った。指が天をさす。雷を落とすつもりだ。だが、小寧は逡巡《しゅんじゅん》した様子を見せ、手をおろしてしまった。

「雷を落とさないのかい、小寧」

「だって、ここで落とすのはだめだって、あなた言ったじゃない」

「えっ……」

琬圭は場違いに、感心してしまった。いや、感動と言うべきか。

「君って子は――」

「ひとまず逃げなくちゃいけないわ。こういうときは、雲を使ってもいいでしょう?」

ふだんは雲を使って移動しないように、というのも琬圭がお願いしたことである。

「あれって、私も乗れるのかい」

「さあ」小寧の表情は心許《もと》ない。

「私だけ落っこちても困るし、それに、僵屍をここに残してしまうのも不安だ」

「じゃあ、どうするのよ」

「兄い、俺に考えがある」

言ったかと思うと、蘭芳は指笛を鳴らした。ぴゅい、と鳥の鳴き声のような音が響く。

すると馬のいななきとともに、蹄《ひづめ》の音が近づいてきた。倉庫と厩《うまや》のある敷地から、一頭の馬が駆けてくる。飛雲だ。

「飛雲、いったいどうしたの？」

驚いた声で叫んでいるのは鞍《くら》にまたがった梅花だった。胡服《こふく》をまとい、飛雲を散歩させるところだったのか、それとも散歩し終えたところだったのか。

「姐さんと一緒に飛雲に乗って逃げてくれ。僵屍が追いかけられるくらいの速さで逃げりゃ、うまいことあいつも追ってくるだろ。さあ、早く」

琬圭は乗馬が得意ではなく、なんとか手綱《たづな》を握ってまたがっていられる程度なのだが、背に腹は代えられない。

「梅花、すまないがおりてくれ。しばらく飛雲を借りるよ」

「ええ？　旦那様《だんなさま》、いったいどうなさったんです。飛雲に乗りたくなったんですか？」

梅花は困惑しながらも、主人の言うことなのですみやかに馬からおりる。琬圭は梅花の手を借りて鞍にまたがり、小寧に手を伸ばした。小寧は琬圭の手に自分の手を置いたかと思うと、ひらりと軽やかに鞍に乗った。やはり体の重みを感じさせない。裙《くん》をまとっている小寧は鞍にまたがるわけにもいかず、琬圭の前に横座りする。

「兄い、姐さん、やつが来るぜ」

蘭芳が鋭い声をあげる。僵屍は急に動きを速め、こちらに向かって走りだしたのだ。その走り方は奇妙で、足ばかり大きく開いて、上体はうまく動かないのか、がくがくと揺られている。走ることに慣れていないのだろうか。

「いいか飛雲、ふたりを落としちゃならねえぜ。あの化け物に追いつかれねえよう、走るんだ。兄いの言うことをよく聞きな」

蘭芳は飛雲の首筋を撫《な》でながら、やさしく言った。

「雷を落としやすいよう、南の郊外に行こう。そこなら人もいない」

琬圭の言葉を理解したかのように飛雲は蹄を鳴らすと、駆けだした。梅花はぽかんと飛雲を眺めている。背後から迫る僵屍に気づいていない。

「飛雲ったら、あの人が話しかけるときみたいに脚《あし》を鳴らして……」

蘭芳が梅花を抱き寄せようとするが、その手はすり抜ける。梅花はふり返った。赤い布を被った異様な雰囲気の女を見て、腰を抜かす。僵屍は梅花を一顧だにせず、飛雲のあとを追いかけてくる。

その様子をたしかめた琬圭は、飛雲を厩の区画に向かわせ、裏門を目指した。厩にいた馬や驢馬《ろば》たちが騒ぎ、馬丁《ばてい》がうろたえている。飛雲はその前を走り抜け、そのうしろを僵屍が追いかける。あっというまに裏門を出た。そのまま飛雲には路地を走らせる。人々が驚いて道を開け、啞然《あぜん》とした様子で馬上の琬圭と小寧を見送り、その後、赤い布を被った女にふたたび驚いている。

最も近い市門から大路に出ると、南へと疾駆《しっく》させる。広々とした大路は走りやすい。琬圭は振り落とされぬよう、必死に腿《もも》に力を入れていた。小寧は琬圭にしがみつきながら背後を見ては、僵屍がついてきているのを確認している。

「巫師の姿がないわ。操る銅鑼や鈴の音も聞こえない。あの僵屍は操られていない……。自分の意思で追いかけてきているのだわ」

「やはり、私に引き寄せられて？」

「そうでしょうね。ほかの人間には目もくれていないもの」

厄介な体質だが、他人が襲われないぶん、今は有利である。

「巫師はどうしたんだろう」

「あれが自在に動けているとなると、死んでいるのじゃないかしら。どういうことかよくわからないけど、使役の術だけ解けているのね。僵屍のままだから、あなたがいなかったらべつの者を襲っているわ」

「べつの者を……」

ふと頭に浮かんだのは、石と房の話である。人を襲う虎が出た、いや虎ではない、姿ははっきりしていない。そういう話だった。夜道を歩いていると突然飛びかかって襲われたという。もしや、あれはこの僵屍のしわざではなかろうか。

巫師が死に、使役から解き放たれ、人々を襲いはじめた僵屍は、琬圭の存在に気づいた。それで琬圭のほうへと引き寄せられた——そういうことだろうか。

南へと進むうち、住居を囲む坊壁がだんだんと粗末なものになってゆく。土壁はところどころ崩れ、屋根は傾き、草が生えている。坊壁の修繕は住人に課せられた義務だが、それがなされていないということは、住人がいないということだ。十万戸の大城邑でも、暮らしに不便な郊外はこのありさまである。市に近いあたりの坊内はぎっしりと家が建て込んでいるというのに。

やがて坊壁も失せ、鬱蒼《うっそう》とした暗い林が現れる。野放図に生い茂った藪《やぶ》からは蔓《つる》が飛びだし、木々の緑はこの時季だけにあまりにも色濃い。林に飛雲を進ませると、むっと息詰まるほどの緑のにおいに包まれた。木々が途切れ、すこし開けた場所まで走らせ、琬圭は飛雲をとめた。大きな古木が枯れて倒れたために、開けているのだ。空から陽が差し込み、明るい。

「ここでどうだろう」

「いいわ」

短く言って、小寧は片腕を空に向かってあげる。がさがさと藪を突っ切り、僵屍が姿を現した。その瞬間、小寧は腕を振り下ろした。閃光《せんこう》が走る。つづいて雷鳴がとどろいた。

琬圭はまぶしさに目を閉じて顔を背ける。

これで終わったと信じて疑わなかった。小寧の雷はすさまじい。あれを食らって無事でいる化け物はいないであろう。あの僵屍が青娘であるなら、骸を潘に返してやれず申し訳ないが、悠長なことを言っていられなかった。どう告げたものか――そんなことを思いながら、琬圭は目を開けた。

「え？」

地面が焼き焦げている。落雷の跡だ。僵屍は姿形もない、はずだった。

焼き焦げた跡からすこし離れたところに、四つん這《ば》いになったなにかがいる。赤い布は頭から外れ、地面に落ちていた。

炯々《けいけい》と光る双眸《そうぼう》、土気色の肌、唇からむき出しになった牙。青い衣から伸びる手足はか細く枯れ枝のようで、皮膚《ひふ》の表面に白い毛のようなものがびっしりと生えている。長く伸びた爪が土にめり込んでいた。双鬟《そうかん》に結った髪だけが、異様につやつやとして美しかった。

「どうして……」

小寧がかすれた声でつぶやく。顔が青ざめていた。

僵屍は唸《うな》り声をあげた。その目は琬圭たちに向けられている。

「青娘さん――青娘さんなのか？」

琬圭は呼びかけるが、反応はない。ただ、唸り声がひどくなった。僵屍は顎《あご》を上向け、口を開く。ごき、と鈍い音がした。顎が外れたように口の形が変形し、牙がつぎつぎと生えて伸びては前にせり出す。皮膚を覆《おお》う白い毛が長く伸び、髷《まげ》がほどけてその白毛に埋もれてゆく。後頭部から背中にかけて、たてがみのような朱色をした毛が現れる。いや、朱色なのではない。燃えているのだ。炎が背中で燃えている。枯れ枝のようだった手足はがっしりとした四肢《しし》へと変わり、青い衣は破れて燃え落ちた。

もはやそこにいるのは、僵屍ではなかった。

――まさか。

十四娘の言葉が何度も頭のなかでこだまする。

「……犼……」

僵屍は犼へと変じる。龍の天敵。

その獣は、じっと琬圭に目を据えていた。夜の闇《やみ》より濃厚な漆黒《しっこく》の、それでいて虹のような輝きを持った目だった。全身を覆う毛は白いが、その下の皮膚は灰色で、それが動くたびちらちらと覗く。たてがみの炎はときおり生木がはぜるような音がした。

――殺される。

琬圭の背筋に悪寒が走った。震えがとまらない。圧倒的な予感だった。死ぬ。指一本動かすだけで目の前の獣に飛びかかられそうで、琬圭はまばたきひとつできなかった。息を殺そうとするほど呼吸は荒くなる。

動いたのは、小寧だった。小寧はゆっくりと鞍の上に立ちあがった。

「わたしは怖くないわ」

張家楼の離れで言ったようなことを、小寧はふたたび口にした。『怖がってなんかいない』――小寧はそう言っていたが、どう見ても強がりだった。怖いに決まっている。

「小寧」琬圭は声を絞り出す。「いくら君でも、無茶だ」

相手は龍の天敵である。獰猛《どうもう》で、雷も効かない。そんな相手にどうしようというのか。

「だったら、どうするのよ」

小寧は苛立ったように言った。

「今なんとかできるのは、わたししかいないじゃない」

この言葉に、琬圭はまたしても、いたく感動してしまった。小寧は、してはいけないことを学び、己にできることはなにか考え、行動しようとしている。

小寧は、いつだって真剣に、真摯《しんし》に生きているのだ。今このとき、馬上で琬圭を見おろす彼女の顔は、緊張と恐ろしさにこわばり、唇はかすかに震えてさえいたが、ひどく美しく映った。怖さをこらえ、胸に押し込み、立ち向かおうとしている小寧の姿は、光り輝く女神のようだった。

——とはいえ、今回ばかりは危うい。

「逃げよう」

と、琬圭は提案する。

「わたしは雲で逃げられるけど、あなたや馬は逃げられないじゃない」

そう、小寧ひとりであれば、逃げるのはたやすいはずだ。だが、彼女は逃げずにとどまり、さらには立ち向かおうとしている。

だからこそ、琬圭は小寧を無事に逃がしてやりたかった。

「私は飛雲に乗って逃げる。君は雲で逃げながら、雷でそれを援護してくれないか」

「でも——」

小寧が何事か反論しかけたところで、獣の咆哮《ほうこう》があがった。ごお、と突風が吹いたような声だった。虎とも狼《おおかみ》とも違う。獣自身が、嵐であるかのようだった。いやな輝きを放つ黒い目が、琬圭たちを見すえる。獣は身を低くした。飛びかかる体勢だ。

悠長に言葉を交わしている暇はない。

「ともかく逃げよう」

琬圭は飛雲の頭を林の奥へと向けた。

小寧は披帛《ひれ》を翻《ひるがえ》す。風が起こり、きらめく雲が湧き立つ。小寧はその雲にふわりと飛び乗った。

小寧を乗せた雲が浮きあがるのと同時に、琬圭は飛雲を走らせる。背後で獣の唸り声と、地を蹴《け》る音がして肝《きも》が縮む。あたりに閃光が走り、雷が落ちた。ちらとうしろをふり返ると、雷は獣を撃ちはしなかったが、後退させていた。

手綱を操らずとも、飛雲は賢く木々のあいだを走り抜ける。ときおり小寧が雷を放ち、獣の足止めをしているのがわかる。このまま逃げつづけて——。

——そして、どうする？

小寧がさきほど反論しかけた理由はわかっている。逃げたところで、どうするのだ。そう言いたかったのだろう。

——冥府の役人が来てくれるか、龍宮の加勢があるか……。

それを願うしかない。おそらく危機感を露《あらわ》にしていた十四娘は、なんらかの手を打ってくれるはずだ。

ざざ、と背後で藪の揺れる音がする。

「藪に隠れてしまったわ！」

頭上から小寧が叫んだ。飛雲が急に立ち止まり、いなないて前脚を持ちあげた。

「うわっ」

琬圭は鞍から地面へと滑り落ちた。したたかに腰を打つ。衝撃に息がつまり、身動きできない。

そばの藪が揺れた。獣が目の前に飛び出してくる。大きな爪が土をえぐるのが見えた。ごお、と風のような唸り声がする。

総身が冷えた。琬圭は地面に横たわり、苦しい息を吐く。落馬の痛みが、恐怖で飛んでゆく。

獣が地を蹴った。爪が土をはねあげる。

「伏せて！」

小寧の声が響き、琬圭はとっさに頭を両手で押さえて地面に伏せた。雷を落とすつもりだ。当たってくれ——と祈る。

獣は地面に脚をおろし、爪を土に食い込ませると、唐突に体をひねった。方向を変えたのだ。

はっと、琬圭は思わず身を起こす。

「小寧！」

獣が地を蹴り、跳びあがった——小寧めがけて。

爪が土をえぐり、太い脚が躍動する。白い毛が揺らいで灰色の皮膚が覗いた。蛇の鱗《うろこ》のようにてらてらとした皮膚だった。

雷を放つところだった小寧は、虚を衝《つ》かれて体勢を崩した。それでもなんとか雷を打つ。白い光が閃《ひらめ》く。

獣は身をひねり、いともたやすく雷を避けた。嘲笑《あざわら》うように尾が揺れる。宙を蹴ると、ふたたび跳躍した。

大きく開いた口には、折り重なるように牙がぎっしりと生えている。舌は長く、赤黒かった。牙の先からよだれが滴《したた》り飛ぶ。喉《のど》の奥は暗く淀んでいる。小寧は顔をしかめて牙を避けようと身を翻すが、獣は前脚をふりあげ、風を起こした。雲が揺らぎ、小寧の体が傾く。

一瞬のことだった。

獣が小寧の首に食らいついた。白い肌を破って牙が食い込み、骨を砕く音が聞こえた気がした。

ぶん、と獣は頭をふる。小寧の小柄な体が宙を舞い、地面にたたきつけられた。血しぶきがあたりに散る。

琬圭は声も出ず、足をもつれさせて小寧のもとへ駆けよった。

小寧はぴくりとも動かない。その姿を見て、うっ、と琬圭は声をつまらせる。

小寧の喉はざっくりと裂けて、血があふれでている。首はほとんどちぎれかけており、地面はまたたくまに血に染まった。小寧の顔は真っ白で、ほんのすこし開いた瞼《まぶた》も唇も動いていない。

「小……小寧」

喉が渇いて声が出てこない。琬圭は震える指で小寧の頬に触れた。ひどく冷たい。その冷たさが移ったように琬圭の指先も冷たく、震えは増し、呼吸が浅くなる。

小寧の額《ひたい》に、ぽつりと赤い雫《しずく》が落ちた。琬圭は上に顔を向ける。宙に浮かぶ獣が琬圭たちを見おろし、その牙から小寧の血が滴り落ちたのだった。

琬圭のなかで、なにかがはじけた。桜桃《おうとう》の皮がぷつりとはじけて中身があふれでるのに似ていた。

腹の奥底が熱い。そこから光があふれて、流れてゆく。全身を巡って、眉間《みけん》に集まる。

琬圭は獣を見つめた。風がとまる。獣の前に陽炎《かげろう》が揺らいだ。いや、そうではなく、獣自身が揺らいでいる。

獣の顔が、四肢が、たてがみが、いびつに歪《ゆが》み、被毛がねじれる。ぐしゃ、と両側から大きな手に挟まれたように、獣の身体《からだ》がつぶれた。姿はどろりと溶ける。溶けて、濁《にご》った泥水のようになって、地上に滴り落ちる前に消え失せた。

　ふたたび風が吹く。

「小寧！」

　気づくとかたわらに李俊がいた。膝《ひざ》をついて小寧の顔を覗き込んでいる。どこから現れたのかわからない、それとも近づく足音に琬圭が気づかなかっただけか。背後には十四娘もいて、その隣に誰か知らない、背の高い青年が立っていた。ゆったりした大袖《おおそで》の袍《ほう》に蔽《へい》膝《しつ》を着け、頭には進徳冠《しんとくかん》を戴《いただ》くという、身分の高い文官のような格好をしている。

「小寧は……狐に食いつかれて……」

　琬圭はそれだけ言うのがせいいっぱいで、しかも自分がなにを言っているのかもわからぬほどわれを忘れていた。

　ひとりなら、逃げられたのに。琬圭がともにいたせいだ。

　李俊は聞いているのかいないのか、青ざめた顔で背後の青年をふり返り、叩頭《こうとう》した。

「屛《へい》霊官。娘を、娘をどうか助けてやってくださいませぬか」

　声はうわずり、悲鳴となっていた。額《ぬか》ずく李俊の顔は蒼白《そうはく》であるのに、汗が噴き出ている。地面についた手は震え、指は土にめり込んでいた。

　屛霊官、と呼ばれた青年は白い面《おもて》になんら表情を浮かべず、李俊を見おろしている。

「李俊よ。そなたの娘は若《わか》を助けた。以前には、悪さを働いていた川の神を懲らしめた功績もある。天帝はいたく満足しておられる。むろん、助けてやりたい」

表情とは裏腹に、屏の声は慈愛に満ちていた。

「……が、それは私にはできぬこと」

「屏霊官」

「案ずるな。助けられぬと言っているのではない。それをするのは私ではないだけのこと。

——若」

屏は琬圭を見た。

「え？」

事態が呑み込めず、琬圭は眉をひそめる。若、と彼は呼んだか。

「詳しい話はあとにいたしましょう。その娘を助けたいとお思いですか」

「え、ええ……もちろん」困惑しつつも、琬圭は深くうなずく。

「では」と屏は琬圭に歩み寄った。ふわりといい香りが漂う。一足ごとに地面に草が生え、花が咲いた。

「私は天帝の使者、屏翳《えい》と申す者でございます。舌をお出しくださいませ」

「し……舌？」

琬圭は啞然と屛翳を見あげる。

「手のひらでもようございますが、舌がいちばん効きますので」

わけがわからない。だがこの屛翳という者の言葉には、嘘偽《うそいつわ》りのない清らかさがある。

それだけはわかった。

琬圭は顎を上向け、舌を突き出す。屛翳が身をかがめた。大袖の袂《たもと》を押さえ、片手を伸ばす。ひとさし指の先を琬圭の舌に置いた。ずず、と指先が舌にめり込む。琬圭は驚愕《きょうがく》に目をみはるが、痛みは感じない。舌に穴があくような感覚もなかった。屛翳はすぐに指を引き抜いた。

「これでいいでしょう。若の血をその娘に飲ませてください」

唇の端から、血が滴る。やはり舌には穴があいたのか？　だが、痛みはまったくなかった。

琬圭はぼんやりとして、言われるがまま、小寧の上に覆い被さる。

小寧の瞼も唇も、かすかに開いていた。瞼から覗く瞳に光はなく、睫毛《まつげ》はわずかにも動かない。可憐《かれん》な唇からは血があふれてすでに乾き、白い歯も血に染まっていた。あまりの惨《むご》さに目を背けたくなる。だが、小寧のこの姿は琬圭のせいである。

小寧は、琬圭を見捨てて逃げ去る道もあったのだ。天敵を前に、自分の命も危ういのに、小寧は琬圭を助けてともに逃げようとした。

思えば最初から、小寧はそうした娘であった。虎精《こせい》に食われそうになった琬圭を助け、幽鬼に触れて凍える琬圭を助け……。あきれながらも、一度も見放すことがなかった。

『わたしは怖くないわ』――そう言って小寧が馬上に立ちあがったとき、その手が震えているのを琬圭は見ていた。横顔が怯《おび》えに青ざめていたことも、頬がこわばっていたことも。

ああ、しかしあの獣に立ち向かおうとしたときの小寧の、なんと崇高《すうこう》で美しかったことか。勇敢な魂を持つ少女だ。その魂が光り輝いていたのだ。それは琬圭などのためにけっして失われてはならないものだ。

琬圭は小寧の頬を撫で、動かぬ口に指を差し込んで開かせ、己の舌から滴る血を落とした。血は小寧の舌の上をすべり、喉の奥へと落ちてゆく。琬圭はつぎからつぎへと血を小寧の口中へと滴らせる。琬圭は自分が小寧の鱗を飲んだことを思い出した。今はその逆だ。

ふと、小寧の体がうっすらと光を帯びはじめたことに気づく。紗《しゃ》を被せたようにやわらかく輝いている。しだいにその光は濃く、強くなり、小寧の姿を見えなくしてしまう。

「もう大丈夫でしょう」

屏翳が言うので、琬圭は身を起こした。

あたりに芳香が漂う。嗅《か》いだことのない香りだった。清々しく、やわらかな、華やいだにおいだ。花のにおいとは違う。果実のにおいでもない。水面《みなも》にきらめく光ににおいがあったら、こうだと思うような。

小寧の体を覆っていた光が、花が開くようにして、するすると薄れてゆく。そこに無残な彼女の姿はなかった。傷は消え、血は跡形もない。頬にはうっすらと血の気がさし、瞼がぴくぴくと動いていた。すこし開いた唇から、吐息が洩れている。李俊があわてて小寧の手をとり、手首の脈をたしかめた。小寧の胸は上下に動いている。生きている。

「小寧……！」

李俊が抱き起こそうとするのを、屏翳がとめる。

「体の傷は癒《い》えたが、魂魄の傷はまだ安定しておらぬ。しばらく養生させるように」

李俊は小寧の肩から手を放し、琬圭に目を向けた。彼は袖を払って居住まいを正し、琬圭に向かって額ずいた。

「あなたには礼を言う。小寧を助けてくれて、感謝する」

「いえ、義父上、そんな……もとはといえば、私のせいですから」

そういえば、と琬圭は舌に手をあてる。傷がある様子はなく、血ももう流れてはいなかった。

琬圭は屏翳を見あげる。屏翳は琬圭の前にひざまずくと、深く頭《こうべ》を垂れて拱手《きょうしゅ》した。

「このときまで御前に参上できずにいたこと、深くお詫《わ》び申しあげます、若君。あなた様はこれまでひどく弱っておられて、われらには見つけることができなかったのです。洞庭君から龍女との婚礼の知らせを受けて、ようやくあなた様にお会いできました。天帝もお喜びです」

琬圭はぽかんと屛翳を眺める。屛翳の言葉を深く受けとめる前に、琬圭ははっとあたりを見まわした。飛雲はおとなしくそこにいるが、獣の姿は影も形もない。

「あの獣は……」

「若が滅しました」

滅した、というのがよくわからなかったが、ともかく消えたのであればよかった。

「あれは、青娘さんだったのだろうか」

つぶやきだったが、屛翳はうなずいた。

「青娘という娘のなれの果てでございました。憐《あわ》れなことに、よこしまな巫によって僵屍とされ、傀儡《くぐつ》にされていたのです。巫はすでに病で死んでおりましたが、その魂は冥府の鬼卒《きそつ》に引っ立てられていることでしょう」

「じゃあ、青娘さんは……」

「青娘の魂は僵屍にされたことによってちりぢりになっておりましたが、おいおい、集まってひとつに戻りましょう。そうなればやはり冥府へと向かいます。しかし――」

「しかし？」

「成都の城隍神《じょうこうしん》が青娘の境遇を憐れがって、婦《つま》に迎えたいと申しておりますので……」

城隍神は城の守り神だ。死者の魂がまず赴く先である。

「城隍神の婦に……」

神の妻なら、死後とはいえ、幸いな話であろう。だが、と琬圭は考え込んだ。

――城隍神の思《おぼ》し召しひとつで婦にできるというなら……。

「生き返らせることはできませんか」

物は試しにと、琬圭は訊いてみた。屏翳の表情は変わることなく、すこし首をかしげただけだった。

「体がもうございませんので」

「ああ……」

やはり無理か。それならせめて、幽鬼の姿ででも、最後に潘に会わせてやることはできないだろうか。そんなことを考えていたので、屏翳がつづけた言葉への反応が鈍った。

「べつの体でよろしければ、魂を還すことはできますが」

「え？」

「昨日今日死んだばかりの娘の屍に、青娘の魂を還します。そうすれば、青娘は生き返ることができます」

「……いや、それは別人ということでしょう？」

「体は別人ですが、魂は青娘です。器が異なるだけです」

「いや、『だけ』ってことは……」

「借屍還魂《しゃくしかんこん》だ。まれにある」と口を挟んだのは、李俊である。

「はあ……そうなんですか」

「これには当人の希望を訊かねばなりませんが。城隍神に言っておきましょう。城隍神の婦となるか、他人の屍を借りて蘇《よみがえ》るか、あるいは冥府へ向かうか、当人が決めればいいでしょう。いかがです？」

それなら、と琬圭はうなずいた。

「魂を還すのは、天帝からの祝儀だとお思いください。あなた様への」

琬圭は口を開きかけて、やめる。屛翳の話からすると、琬圭の実父は天帝らしい。途方もない話だが、それが真実ならば言ってやりたいことはいくらかある。だが、ここで天帝の機嫌を損ねて、青娘の選ぶ道が断たれてしまうのを恐れた。

ふう、と琬圭はひとつため息をついて顔をあげた。

「ありがとうございます。それでは、青娘さんの行く末が決まったら、教えていただけますか」

「ええ、お安いご用でございます」

琬圭の脳裏に、潘の顔が浮かんだ。


屏翳はそれからどこかへと去っていった。天帝のもとへ向かうのだろうか。琬圭は眠ったまま目覚めぬ小寧を抱えて、飛雲に乗って張家楼へと帰った。寝かせておけばそのうち目覚めるだろう、と李俊が言うので、琬圭の寝室に寝かせる。李俊がそばで小寧を見ていたそうだったので、邪魔をしないよう琬圭は離れを出た。飛雲の様子を見るために厩へ向かう。厩には蘭芳がいて、飛雲のたてがみを撫でていた。

「飛雲の様子はどうだい？　怪我《けが》はしてないかな」

「なんともねえ。こいつは丈夫だからさ。なあ、相棒」

蘭芳が呼びかけると、飛雲はうれしそうに鼻面《はなづら》を彼にこすりつけた。実際には、触れることはできず素通りしているが、飛雲は気にしていないようだ。

「それより姐さんが心配だ。目は覚ましたのかい」

「いや、まだだ。でも、大丈夫だろう。義父上もついているし」

「兄いもついててやんなよ。目が覚めたとき兄いがいなかったら、姐さん、さびしがるぜ」

「義父上も十四娘もいるから、さびしくはないだろう」

「兄いは乙女心がわかってねえな」

やれやれ、と蘭芳はため息をついた。琬圭は微笑する。

「私と小寧は血と鱗でつながっているから、大丈夫なんだよ」

蘭芳は面食らったようだった。「へえ……?」

小寧の鱗は琬圭の血肉となって彼を生かし、琬圭の血は小寧の内を巡って彼女の命を救った。ふたりの内側には、おたがいの命の一部が混じり合っている。

「こいつァ意外だな。れっきとした夫婦みてえなこと言うじゃねえか。俺ァ、てっきり兄いは姐さんを妻扱いしてねえと思ってたぜ」

琬圭は黙ってほほえんだ。これまで琬圭もそのつもりだったのだ。神仙から娘を預かったくらいのつもりで、丁重に接していればいいだろうと。だが、あのとき――犼に立ち向かおうとした小寧を目にしたとき、『今なんとかできるのは、わたししかいないじゃない』――そう彼女が言ったとき、その勇敢さと、怯えにはりつめた美しい顔に、琬圭はそれこそ彼女の雷に打たれたような心地がした。有り体《てい》に言えば、おそらくあのとき、琬圭は小寧に惚《ほ》れたのだ。

琬圭が裏門へと足を向けると、

「兄い、出かけるんならお供するぜ」

蘭芳がついてこようとするのを、琬圭は「供はいいよ」と断る。

「市でちょっと買い物をするだけだから。すぐ戻ってくる」

「こんなときに買い物かい」

「端午だからね。小寧への贈り物をまだ買ってないんだ」

「ああ、そりゃいけねえな」

蘭芳と飛雲に見送られて、琬圭は裏門を出た。すでに夕刻だが、市にはまだ人が多い。端午の節物を並べた街肆《がいし》が、日没までに売り尽くそうと値を下げている。あたりの品をひととおり見てまわった琬圭は、きれいな五色の糸で編んだ腕飾りに目をとめた。続命縷だ。長命縷《ちょうめいろう》とも言う。琬圭の目にとまったそれはつやのあるいい絹糸で編まれており、手の込んだ品だった。

「張家楼の旦那じゃねえか。安くしときやすぜ」と街肆の男が言うのを、むしろ倍の値を出して買った。こうした縁起物は値切るものではない、気前よく大金を払い、厄《やく》を祓うものだ。父の教えである。

続命縷を懐《ふところ》に、きびすを返す。その琬圭の前に立ちはだかる何者かがあって、はっとした。場にそぐわぬ高官の装束を身にまとう青年。屏翳である。

屏翳は拱手する。琬圭は周囲に目を配った。高官は市に出入りしない。というか、入ってはいけない。法律でそう決まっている。入り用の品があるときは人に頼むか、商人に持ってこさせるかである。だからいかにも高官らしい装束の者がうろうろしていては、市署《ししょ》に目をつけられる。そう思ってあたりを見まわしたのだが、不思議と、屏翳に目をやる者はひとりもいない。それどころか琬圭と屏翳のそばを、まるで木でも生えているかのように自然と避けて歩いてゆく。

「ご所望でいらした青娘の行く末をお知らせにあがりました」

屏翳は市のなかであることなどまるで気に留めていない、悠然とした調子で口を開いた。

「青娘は冥府へ赴くことを望みました」

琬圭はつかの間、息をとめる。ふう、と深く吐き出し、「そうですか」と言った。

——そうか。彼女は蘇ることを望まなかったか……。

「あの娘ももったいないことをするものです。せっかくの天帝の祝儀を」

「青娘さんは、なにか言っていましたか」

「『五月は悪い月だから』と。よくわかりませんね」

琬圭は、胸を衝かれた。青娘は悪月たる五月に生まれたために親に殺されようとし、婢にされて、死を選び、僵屍にされたのだ。

――彼女が己の意志で選んだことは、死だけだったのだ。

青娘は五月に背を向けて、捨て去るのだ。神の施しさえ拒んで。

「冥府へ向かう前にひとりだけ会いたい者がいるというので、その願いは聞き届けました」

「ああ……」

潘の顔が浮かぶ。

「わかりました。どうもありがとうございます」

「若のご所望でしたら、これくらいはお安いご用でございます。ほかに頼み事はございませんか？」

「いや、ありません」

「なんでもおっしゃってください。天帝は、血を分けたご子息のことでございますから、それは気にかけておいでですよ。天帝にお伝えしたいことがございましたら、なんなりと」

孕《はら》ませて死なせた女のことは気にかけていないのか。と思ったが、琬圭はただ薄い微笑を浮かべただけだった。屏翳は天帝に伝えるべき琬圭の言葉を待っている。

「ありません。では」

短く答えて、琬圭は屏翳の横をすり抜け、先へと進む。若、と呼びかけられたが、琬圭はふり向かず、足をとめもしなかった。日没を知らせる街鼓《がいこ》が鳴りはじめる。鳴り終われば市門は閉ざされ、外には出られなくなる。もうそんな刻限かとあわてて帰ろうとする買い物客が駆けだし、琬圭を追い抜いてゆく。路地には打ち捨てられた菰《まこも》や笹《ささ》の葉が散らばり、踏みつけられていた。まとわりつく物乞いにいくらか銭をやり、辻の琵琶《びわ》弾きにしばし足をとめる。うらさびしい旋律が日暮れ時に合っていた。

張家楼に帰ると、琬圭は旅館を通り抜け、離れに向かおうとした。その途中、中庭の木《こ》陰《かげ》に、潘が佇《たたず》んでいた。声をかけるかどうか迷っていると、潘のほうが気づいて、ふり向いた。

潘は泣いていた。

「……ご主人……信じられないかもしれませんが、たった今、青娘が目の前にいたのです」

琬圭は彼のそばに歩み寄る。潘は涙をぬぐおうともせず、宙を眺めている。

「そこに……ほんとうに、そこにいたのです。あの老婆から解き放たれて、ようやく冥府へ行けると。私に礼を言って……」

潘はうわごとのように言い、肩を震わせた。

「青娘」

堰《せき》を切ったように嗚咽《おえつ》を洩らして、潘はその場にくずおれた。琬圭はただ黙って、静かにその場をあとにした。

小寧は目を覚ましたとき、はじめ、已の体がうすぼんやりとした光に包まれているように思えた。まばたきを何度かすると、光は消えて、視界が澄む。

「小寧、目が覚めたか」

父の声がして、小寧は目を動かした。全身が怠《だる》く、視線を動かすことさえひどく億劫《おっくう》だった。

視界に李俊の顔が飛び込んでくる。見たことのないような憔悴《しょうすい》した顔をしていた。

「お父様……」どうしたの、と訊こうとしたが、喉がからからに渇いていて、声が出てこない。舌も干からびたようにうまく動かない。

「姫様、喉が渇いてらっしゃるんでしょう。水をお飲みくださいまし」

十四娘の声が聞こえる。いつもと違って、心配そうな声だった。

「おお、そうか」と言って李俊が小寧の肩に腕を回し、ゆっくりと起きあがらせる。十四娘が水を満たした杯を小寧の口にあてた。小寧は最初、唇を湿らせるように水を舐《な》め、それからほんのひとくちずつ、飲みはじめた。水が口中を湿らせ、喉を滑り落ちてゆく。全身に水が行き渡ると、ほう、とひと息ついて、杯から唇を離した。水が体に満ちて、頭がすっきりしてくる。

「なにが起こったか、覚えているか？」

李俊が訊くと、

「そんなこと、まだいいでしょう。姫様はお目覚めになったばかりですよ」

と、十四娘が口を尖《とが》らせた。そういえば十四娘は父にあたりがきついのだった、と思い出す。

小寧は十四娘のほうに手をあげて、大丈夫、と示した。

「わたし、死んだと思ったわ」

部屋を見まわす。琬圭はいない。

「……あの人は？　どうかしたの？」

そう問うた声がひどく震えていたので、小寧は驚いた。

「大丈夫でございますよ。旦那様は無事でございます」

李俊が答えようとしたのに先んじて、十四娘が言った。

「犼と戦うなどと、ずいぶん無茶をなさいましたね。それで姫様は傷を負われて……そこを旦那様がお救いに」

「あの人が？　どうやって？」

けげんに思って訊くと、十四娘はちらと李俊に目をやった。説明しろと言っているようだ。

「彼は、天帝の息子なんだよ」

小寧は父の言葉にしばし返事ができなかったが、考えてみれば、ああなるほど、と腑《ふ》に落ちた。龍女すら魅了するあのにおい……幽鬼妖魅をことごとく惹きつけずにはおかない光……神の子を身籠《ご》もった母。そうか、その神とは、天帝であったか。

――ああ、そういうこと。

小寧は父を見あげた。

「知っていたのね、お父様も、お祖父様も。そのことを」

うっ、と李俊は言葉につまり、視線を落とす。

「わたくしだって聞いておりませんでしたよ。まあ、こんな騙《だま》すようなこと、よくなさいますわね」

「いや、騙すというのではなく、彼自身が知らぬことゆえ、黙っていたほうがいいかと」

「お祖父様がそう決めたのでしょ。お父様は、それに逆らえないものね。あの人を庇護《ひご》することで、お祖父様は天帝に恩を売っておきたかったのね。大叔父様のことでずいぶん借りを作ってしまっていたから」

「……」

李俊はじっと小寧を見つめた。

「いやだったか？　嫁入りを後悔しているか？」

小寧は父の目を見返した。

「今それを訊くのは、卑怯《ひきょう》というものだわ」

それから、ふいと目をそらした。「いやだったら、わたしはいっときだって、ここにとどまっていやしないわ」

「……黙っていて、すまなかった」

「それを最初におっしゃるものでございますよ」

と、十四娘が居丈高に言った。李俊は面目なさそうな顔をしている。小寧はその顔を眺めた。

「ずいぶんげっそりなさっているわ、お父様。どうして？」

「どうしてって、おまえ、当たり前だろう。天帝の使者はもう大丈夫だと言っていたが、こうしておまえが目覚めるまでは、生きた心地がしなかった」

「わたしが生まれたときには、わたしを殺そうとしたくせに？」

李俊はぎょっと目を剝《む》いた。顔が蒼白になる。

「やっぱり。そうだと思っていたわ」

ずっと疑義を抱きながら、生涯訊くことはないだろうと思っていたことを、さらりと口にできた。死にかけたからか。心がずいぶんと軽く、胸の奥に光が灯《とも》ったようにあたたかい。これは琬圭の光だろうか。琬圭に命を注ぎ込まれたことは、なんとなく感じていた。小寧のなかには、琬圭がいる。

「……すまない」

「べつに、もういいのよ」

小寧は胸の中心を手でさすった。「もういいの」

目が覚めたときに飛び込んできた父の顔、憔悴しきった、心底小寧を案じた顔、それが見られたから、もうよかった。

小寧は、自分のなかの仕組みがすこし、変わったような気がした。自分の輪郭《りんかく》をちゃんとつかめる。小寧は、龍でも人間でもないが、ほかの誰でもない、小寧である――ようやくはっきりと、そう思えた。

「それで、あの人はどこに?」

そう言ったとき、扉の開く音がして、次いで聞き覚えのある足音が近づいてきた。けっしてうるさくない、ひっそりとして穏やかな足音だ。

「ああ、小寧。目が覚めたのかい」

琬圭が寝室へと入ってくる。

「気分はどうだい？　痛いところはない？」

琬圭の声音はやわらかい。はじめて会ったときからそうだが、このときはとりわけ心の襞《ひだ》に染み込むような深い響きがあった。

「ないわ」

短い返答に、琬圭はすこし笑った。李俊が席を立ち、琬圭に譲る。琬圭はそこに腰をおろして、小寧の顔をつくづく眺めた。小寧は妙にこそばゆい心地になる。

「なに？」

「いや、顔色が戻っているから。よかった」

琬圭は、こんなふうに笑う人だったろうか。もとより愛想のいい人ではあるが、それは誰に対してもそうで、たとえば小寧と蘭芳に向ける笑みはおなじものだった。違うように思うのは、琬圭の血のせいだろうか。

「狐は……あの化け物は、あなたが倒したの？」

「倒したというか……まあ、消えたね」

それを倒したというのだ。とぼけたところは以前と変わらない。

「じゃあ、青娘という娘は？」

「冥府へ旅立ったよ。最後に潘さんに会って」

「そう」

それがよかったのかどうか、小寧にはよくわからない。開いた扉から広間の床に落ちた艾人形が見える。あれにもう魂は入っていない。

このとき気づいたが、いつのまにか李俊も十四娘も寝室にいなかった。いつ出ていったのだろう。それに、なぜ。

「そうだ。これを君にあげようと思っていたんだ」

琬圭が懐に手を入れて、なにかとりだす。五色の美しい糸を編んだ、腕飾りだった。

「どう？」

「……きれいね」

正直に小寧は言った。琬圭はほほえむ。

「続命縷だよ。長生きをしなくてはね」

「龍の寿命は一万歳よ。それ以上長生きするの？」

「一万歳って、ほんとうに？」

「わたしは人間の血が入っているから、どうだか知らないけれど。あなただって天帝の子なら、一万歳くらい生きるのかもしれないわ」

「へえ。どうせなら、君とおなじくらいがいいね」

小寧は琬圭の顔を眺める。一万年、琬圭とともに暮らすことを思う。長いようで、終わりが必ずあると思うと、はっと冷たさが胸を刺した。

「これ、つけようか」

琬圭が小寧の手をとり、続命縷を手首に結ぶ。琬圭の手つきはなにをするにも丁寧で、こまやかだ。長くきれいな指が五色の糸をつまみ、動くたびに小寧の肌に触れて、くすぐったい。手首だけでなく、胸の奥までくすぐったいのが不思議だった。それでも小寧は手を引っ込めることも、咎《とが》めることもせず、琬圭の指がしなやかに動くのを見つめていた。

「あなたのぶんはないの?」

「続命縷かい?　うん、贈り物だからね。もらってもないよ」

「ふうん。じゃあ、来年の五月には、わたしが贈るわ」

琬圭は驚いたように小寧の目を見る。なにを驚くのかわからない。

「おなじくらいがいいなら、そのほうがいいでしょう」

そう言うと、琬圭は笑った。

「ああ、そうだね」

風が吹いて、寝室を通り抜ける。爽《さわ》やかな風のなかに、菖蒲や艾のにおいが混じっていた。

「あなたはまた、そんなものを拾ってきて！」

小寧がまなじりを吊り上げる。

「いや、拾ってきたわけじゃないんだよ。ついてきただけで」

「それを拾うと言うのよ。まったく、懲りない人ね」

琬圭と小寧のあいだでは、もはやお馴染みのやりとりになってしまった。市に行けばさまよえる幽鬼を拾い、客商に憑《つ》いてきた幽鬼は琬圭に懐く。張家楼の離れでは、今日も小寧が琬圭を叱《しか》りつけている。

蓮池では十四娘がのんびりと泳ぎ、ときには露台で日光浴をしている。蘭芳は厩で飛雲の世話をし、しばしば梅花の様子を覗いている。

「まあまあ、小寧。ちょっと話を聞いてみよう」

「『ちょっと』じゃないのよ、毎回毎回」

文句を言いつつも、小寧はしまいには折れる。世話の焼ける人ね、まったく――としかたなさそうに、ため息をついて。

琬圭は、小寧のその姿を見たくて、幽鬼を拾ってくるのかもしれない。

【参考文献】

『日野開三郎　東洋史学論集　第十七巻　唐代邸店の研究』日野開三郎（三一書房）
『日野開三郎　東洋史学論集　第十八巻　続　唐代邸店の研究』日野開三郎（三一書房）
『中国の民間信仰』澤田瑞穂（工作舎）
『修訂　鬼趣談義——中国幽鬼の世界——』澤田瑞穂（平河出版社）
『修訂　中国の呪法』澤田瑞穂（平河出版社）
『修訂　地獄変——中国の冥界説』澤田瑞穂（平河出版社）
『中国神話・伝説大事典』袁珂著　鈴木博訳（大修館書店）
『中国古代の年中行事　第二冊　夏』中村裕一（汲古書院）
『唐宋伝奇集　上・下』今村与志雄訳（岩波文庫）
『中国の巫術』張紫晨著　伊藤清司・堀田洋子訳（学生社）
『中国服飾史図鑑　第二巻』黄能馥・陳娟娟・黄鋼編著
古田真一監修・翻訳　栗城延江翻訳（科学出版社東京、国書刊行会）
『大唐帝国の女性たち』高世瑜著　小林一美・任明訳（岩波書店）
『唐宋時代の家族・婚姻・女性——婦は強く』大澤正昭（明石書店）
『杜甫詩選』黒川洋一編（岩波文庫）
『杜甫全詩訳注（一）』下定雅弘・松原朗編（講談社学術文庫）

本書は書き下ろしです。

白川紺子 ◯ しらかわ・こうこ

三重県出身。同志社大学文学部卒。雑誌Ｃｏｂａｌｔ短編小説新人賞に入選の後、２０１２年度ロマン大賞（現ノベル大賞）受賞。著書は『下鴨アンティーク』『契約結婚はじめました。～椿屋敷の偽夫婦～』『後宮の烏』（集英社オレンジ文庫）、『朱華姫の御召人 上下』（集英社文庫）、『海神の娘』（講談社タイガ）、『京都くれなゐ荘奇譚』（ＰＨＰ文芸文庫）、『花菱夫妻の退魔帖』（光文社キャラクター文庫）、『烏衣の華』（角川文庫）など人気シリーズ多数。

龍女の嫁入り
張家楼怪異譚

２０２４年11月30日 第１刷発行
２０２４年12月22日 第２刷発行

著者――白川紺子

発行者――今井孝昭

発行所――株式会社 集英社
〒１０１・８０５０ 東京都千代田区一ツ橋２丁目５番10号
編集部 ０３・３２３０・６３５２
読者係 ０３・３２３０・６０８０
販売部（書店専用）０３・３２３０・６３９３

印刷・製本所――中央精版印刷株式会社

Printed in Japan ISBN 978-4-08-790183-2 C0093